PHILIP ROTH
菲利普·罗斯全集

Zuckerman Unbound

被释放的祖克曼

[美]菲利普·罗斯 著
郭国良 译

上海译文出版社

philip
Roth

献给菲利普·古斯顿（1913—1980）

“让内森看看走出籍籍无名后的情形。

让他不要来捶我们家的门，

来告诉我们当初没人告诫过他。”

E. I. 洛诺夫致其妻子
1956 年 12 月 10 日

第一章

『我是阿尔文·佩普勒』

“喂，有钱人，你坐什么公交车啊？”

一个小个子、强壮的年轻人，留着短发，身着一套崭新的商务西装，这样问道。他一直对着一本汽车杂志幻想憧憬着，直到看到坐在他旁边的人，于是一下子来了精神。

他并没有对祖克曼不太友好的回答——坐公交车穿越空间——感到气馁，而是很高兴地提出了他自己的建议。这些天来，所有能看到他的人都这样。“你该去买架直升飞机，要我我就这样。租下公寓楼顶的降落权，直接飞过狗屎堆。嘿，你看到他了吗？”这第二个问题是问一个站在走道里读《纽约时报》的男人。

公交车从祖克曼所住的新上东区，一路向南行驶在第五大道，去城中心。他要去见第五十二大街的一个投资专家，这是由他的经纪人安德烈·谢维茨安排的，为了使他的资产分散保值。祖克曼那段只担心如何赚钱的日子已一去不复返了：今后他要为钱生钱的问题操劳了。“你把它放在哪儿了呢？”在他终于给投资专家打电话的时候，专家问道。“在我的鞋里，”祖克曼说。投资专家大笑，“你想一直把它放在那里吗？”尽管答案是肯定的，但那个时候说“不”会更容易一些。祖克曼暗暗决定实行一年的延缓计划，对于因突然而来的巨大成就所引发的严肃问题一概不予考虑。只有当他能恢复理性思考时，他才能够做出理性的行动。所有这些，这种运气——意味着什么呢？它来得如此突然，又如此猛烈，就如同厄运降临一般让人困惑不解。

由于祖克曼通常不会在早高峰时段出行——他只会手端咖啡杯走入书房重读前一天写的段落——因此当他意识到此时搭公交车很糟糕时已经太晚了。六周前，他来去随意，时间自由，不需要事先回忆自己是谁；现在他依然拒绝相信他比那时更受拘束。每天思考自己是谁这个问题，实在是太过铺张，要是再背上自恋这个担子，就更累人了。

“喂。喂。”祖克曼激动的邻座又一次试图分散过道上读报男人的注意。“看到坐在我身边的人了吗？”

“现在看到了，”传来一个严厉而生气的回答。

“他就是写《卡诺夫斯基》的家伙。难道你没有在报上读到过吗？他刚刚赚了一百万美元，却竟然在坐公交车。”

听到百万富翁在车上，两个穿着一模一样灰色制服的女孩——两个瘦瘦弱弱、长相甜美的小孩，显然是颇有教养的小姐妹，正在去市中心女隐修会学校的路上——转过身看着他。

“维罗妮卡，”其中个子小一点的女孩说，“这就是妈妈在读的那本书——《卡诺夫斯基》——的作者。”

孩子们跪在座位上好转过来面对他。她们对面一排的一对中年夫妇也转过身来看了一眼。

“好啦，孩子们，”祖克曼轻快地说。“回头做功课去吧。”

“我们的妈妈，”那个大一点的女孩儿抢过话来，“她在读你写的书，卡诺夫斯基先生。”

“好吧，可是妈妈不会希望你们在公交车上盯着别人看的。”

不起作用。也许她们正在圣玛丽大学钻研面相学吧。

与此同时，祖克曼的同伴正转身向后，向一位女士解释发生了什么，让她也加入进来。天下一家么[1]。“我正坐在一个刚赚了百万的富翁旁边！也许是两百万。”

“噢，”女人温柔地说，“我希望那么多钱不会把他变成另外一个人。”

1 此处作者所借用的，应是1955年在纽约举行的“天下一家”（The Family of Man）摄影展。此展在美国社会引起轰动，随后巡回至三十八个国家展出。

往南离投资专家事务处还有十五个路口的地方，祖克曼拉了拉绳子，下了车。在这儿，在这个缺规失范的花园地带，在早高峰的街道上，做个无名小卒还是可能的。如果不行，那就试试留胡须吧。也许，这与你所感、所见、所知以及欲知的人生相距甚远，可是，如果一字胡可以解决一切问题，那么，看在上帝的分上，那就留吧。你不是保罗·纽曼，但你也不是从前的那个你了。一字胡。一副隐形眼镜。也许一袭多彩的服装会有所帮助。试着用当今的方式打扮自己，而不是二十年前上“文科 2”时时兴的行头。少像阿尔伯特·爱因斯坦那样，多像吉米·亨德里克斯那样，你就不会过分执着了。你的步态怎么样？他过去总是一直注重这些。祖克曼走路时膝盖并得太紧，步速太快。一个身高六英尺的男人应该更从容不迫。但是，当他走了几十步之后，就沉浸在自己的思索中，把从容步态忘得一干二净。唉，现在就得着手考虑这个问题了，尤其是他的“性资质”正在经受新闻舆论的严格检查。走路也要像工作一样咄咄逼人。你是个百万富翁，那就走得像一个真正的百万富翁吧。人们都在看着呢。

是在开他的玩笑。有人在开他的玩笑——是那个在车上被告知为什么大家都如此兴奋的女人。一个高高瘦瘦、浓妆艳抹的老女人……只是她突然开始追着他跑起来。为什么？为什么她还解开钱包上的锁？突然，肾上腺素提醒祖克曼也得狂奔起来。

你看，并不是所有人都喜欢让祖克曼暴富的这本书。很多人已写信来谴责他。“你把犹太人置于完全变态的西洋镜下，描述他们的通奸、露阴癖、手淫、鸡奸、恋物癖和皮条客”，一位读者——他的信笺抬头像总统那样的令人肃然——甚至建议说他“应该被处死”。一九六九年春天，这可能已经不是一种夸张的表达了。越南成了屠戮场，无论是不是身处战场，美国人都变得十分狂暴。就在一年前，马丁·路德·金和罗伯特·肯尼迪都死于暗杀。离家更近的地方，祖克曼原先的一位老师依然四处逃亡，因为有一天晚上他正坐在桌旁，手里拿着一杯温热牛奶和一本沃德豪斯的小说，这时一支来复枪向他开火，射穿了厨房的窗户。这位退了休的单身汉在芝加哥大学教授中古英语已达三十五年。这门课很难，但也不是那么难哇。但是，一个血肉模糊的鼻子已远远不够了。在那些备受侵害的人的幻想中，把人炸得血肉横飞似乎已替代了狠狠抡打一拳；只有彻底消灭才会得到长久的满足。前一年夏天的民主党代表大会上，数百人受到了棍棒的殴打，遭到马匹的踩踏，从玻璃窗中被丢了出去，只是因为冒犯了秩序和体面，而他们的程度和祖克曼的所作所为相比（至少在很多跟祖克曼通信的人看来），简直微不足道。在一个破烂屋子里的某个地方，一张以他的脸（没留髭须）做的《生活》杂志封面就钉在某位“独行侠”床边投掷飞镖的距离内，这在祖克曼看来并非根本不可能。这些封面故事对于一个作家的作家同胞们来说已经够受折磨的了，更不用说是一个完全不知道祖克曼在笔会俱乐部所做好事的精神病病人了。噢，女士！但愿你认识真正的我！不要开枪！我只不过和其他人一样，是个严肃的作家！

但是，替自己辩护为时已晚。那位女士的无框眼镜后面，施了浓粉的脸上，一双灰绿色的眼睛透着坚定的信念；她抓住他的胳膊，和他只有可以平射的距离了。“不要！”——她并不年轻，正在努力地大口喘着气——“不要让臭钱侵蚀你，无论你是谁。金钱从来没有给任何人带来过快乐。只有上帝才行。”从卢格尔手枪大小的钱包里，她拿出一张印有耶稣头像的明信片，塞到他的手里。“这个世界上没有一个人只行善事，不做恶事。如果我们说自己没有罪，我们就是在欺骗自己，而真相就不在我们心中了。”

那天上午晚些时候，距离投资专家办公室不远的角落的咖啡店里，祖克曼正在慢慢啜饮咖啡，生平第一次读早报上的经济专栏。这时一个满脸微笑的中年妇女向他走过来，告诉他自从读了他在《卡诺夫斯基》中关于性解放的论述，她现在已经不感到那么“拘谨保守”了。祖克曼在洛克菲勒广场的银行里取钱时，那位长发保安悄悄地问他能不能摸一下他的衣服，这样他晚上回家就可以和老婆吹嘘一番了。当他穿过公园时，一个穿着高雅、透出上东区气息的妈妈抱着她的宝宝，牵着一只小狗，跨步走到他的跟前对他说："你需要爱，一直都需要。真为你感到遗憾。"在公共图书馆的期刊阅览室，一位老绅士拍拍他的肩膀，带着浓重口音——祖克曼爷爷式的英语——告诉他，他为祖克曼的父母感到多么难过。"你没有全身心地投入生活，"他悲伤地说。"你的生活中应该有更多的东西。但是你忽略了。像是跟谁过不去一样。"最后，当祖克曼回到家的时候，一个高大快活、来自爱迪生联合电气公司的黑人男子等在大厅里读电表。"嘿，你真的都干过书里写的那些事吗？和那些女孩们？你真牛，哥们儿。"这只是一个读表工啊。但是人们不止会读仪表，他们也读了那本书。

祖克曼个子很高，但是没有威尔特·张伯伦那么高。他很瘦，但是也没有圣雄甘地那么瘦。他习惯穿着棕褐色灯芯绒外套、灰色高翻领毛衣和卡其色裤子，打扮得非常干净整洁，但一点也不像鲁维罗萨[1]。与身处雷克雅未克或赫尔辛基不同，一头黑发和高高的鼻子也并没有让他在纽约变得很惹人注目。但是，一星期中有好几天，人们还是认出了他。"这是卡诺夫斯基！""嘿，卡诺夫斯基，你要小心啊，他

1 Rubirosa (1909—1965)，多米尼加人，在世界各地过着奢靡的生活，在花花公子界算是个传奇人物。

们会逮捕你的！”“嘿，要看看我的内裤吗？”一开始，当他听到大街上有人叫他名字的时候，他会挥手招呼，以展现他的彬彬有礼。这是最容易的事情，所以他这么做了。然后，最容易的事情就是假装没听见，继续走。再然后，最容易的事情是假装他幻听了，认为这些事情发生在一个不存在的世界。他们错把扮演当成了告解，叫着一个只存在于书里的名字。祖克曼试着把它当成是一种赞美——他成功地让活生生的人们相信卡诺夫斯基也确有其人——可是最后他假装他只是他自己，然后迈着小步快速前行。

日暮时分，他走出新住宅区，来到约克维尔，在第二大道上找到了避难所。在这个地方只有晚报与他为伴，至少当他隔着窗上挂着的萨拉米香肠朝里望时，他是这么以为的。一个年约六十、挂着快滴下来的眼影、脚踏破烂拖鞋的女侍者站在三明治柜台后面，穿着一条雪白的围裙，就像一个巨人，拿着一把切肉刀。已经六点多了。他真想抓起一份三明治就走，七点的时候就可以不在外面游荡了。

“对不起。”

祖克曼从磨得破损的菜单上抬起眼，发现一个穿着黑色雨衣的男人站在他的桌旁。其他十多张桌子都空着。陌生人双手拿着一顶帽子，那姿态仿佛他真的干了什么对不起祖克曼的事情。

“不好意思打扰了。我只是想说声谢谢。”

他是个大块头，虎背熊腰，有着宽厚的肩膀和粗大的脖子。仅有的一缕头发环绕光秃的额头，但却有一张孩子气的脸：光滑的脸颊，恳切的深褐色双眼和一个狂妄的鹰钩小鼻。

“谢我？谢什么？”六个星期中祖克曼第一次想到假装自己完全是另外一个人。他还不熟练。

他的仰慕者把这视为了谦逊。那双生动的眼睛饱含情感，泪光盈盈。“天哪！谢谢你的一切。你的幽默。你的同情心。你对人性的深刻理解。谢谢你提醒了我们人生的滑稽有趣之处。”

同情？理解？几个小时前，在图书馆里，那个老人还在对他说他为祖克曼的父母感到多么难过。今天是逃不出他们翻来覆去的股掌之间了。

“呃，”祖克曼说，“你太客气了。”

陌生人指了指祖克曼手中的菜单说。“请点菜吧。我无意打扰您。我刚才在洗手间，出来的时候简直不敢相信自己的眼睛。竟然在这个地方看到您。我只是在我离开之前，过来说声谢谢。”

“没关系。”

“让我觉得不可思议的是，我本人就是纽瓦克人。”

“是吗？”

"土生土长的纽瓦克人。你是四九年出来的，对不对？唉，如今的纽瓦克已经大不一样了。你肯定认不出了。想认都认不出了啊。"

"我也是这么听说的。"

"我，我仍然还在那儿拼命苦干。"

祖克曼点点头，招呼女服务员过来。

"我觉得除了当地人，人们不会感激你在为老纽瓦克所做的一切。"

祖克曼点了三明治和茶。他怎么知道我是四九年出来的？我想应该是从《生活》上看到的吧。

他微笑着，等待这位伙计离开，回到河对岸去。

"你就是我们的马塞尔·普鲁斯特，祖克曼先生。"

祖克曼大笑起来。这完全不是他认为的那样。

"我是当真的。绝非戏言。上天作证。在我的心中，你和斯蒂芬·克莱恩齐名，两位伟大的纽瓦克作家。"

"呃，承蒙你如此夸奖。"

"还有玛丽·梅普斯·道奇，不过无论你多么推崇《银冰鞋》，它终究只是本儿童读物。我得把她排第三位。然后是勒鲁瓦·琼斯[1]，毫

1 LeRoi Jones（1934— ），美国著名黑人诗人、剧作家、小说家、散文家和乐评人，后更名为阿米里·巴拉卡。

无疑问排第四。我这么说，一点都没有种族偏见之意，也不是因为最近几年中纽瓦克发生的悲剧，只是因为他写的东西算不上是文学。依我之见，那是彻头彻尾的宣传。在文学上，我们有你和斯蒂芬·克莱恩，在表演上，我们有罗德·斯泰格尔[1]和薇薇安·布莱妮[2]，在戏剧中，我们有多尔·沙里[3]，在歌唱中，我们有莎拉·沃恩[4]，在体育界，我们有吉恩·赫曼斯基[5]和赫伯·库尔布兰特[6]。在未来的岁月我分明看到小孩们去参观纽瓦克……”

“噢，”祖克曼说，再一次忍俊不禁，但是不太明白这种热情到底从何而来，“我认为我一个人做不到让孩子们去参观。尤其是帝国都已经关门了。”帝国指的是华盛顿大街上的滑稽影院，现在早已倒闭了。在那里，多少新泽西的男孩们在昏暗的灯光下，第一次看到遮羞布。祖克曼是其中一个，吉尔伯特·卡诺夫斯基是另外一个。

1 Rod Steiger (1925—2002)，演员，代表作《码头风云》、《俄克拉何马》等。

2 Vivian Blaine (1921—1995)，演员、歌手，其最知名的角色是音乐剧《红男绿女》中的阿德莱德。

3 Dore Schary (1905—1980)，美国导演、编剧、制作人、剧作家，后成为米高梅主席。

4 Sarah Vaughan (1924—1990)，著名爵士乐女歌手。

5 Gene Hermanski (1920—2010)，棒球选手。

6 Herb Krautblatt (1911—2002)，NBA 球员。

那个伙计举起他的胳膊——还有他的帽子，像一个无可奈何的投降者。“呃，你在生活中也很有幽默感嘛。我可没有那样机敏。但是你会发现，未来如果人们想要回忆过去的日子，他们找的一定会是你。在《卡诺夫斯基》中你已经记录了作为一个犹太人生活在那里的日子。”

“呃，再次谢谢你。真的非常感谢你的赞美之语。”

服务员把他的三明治端了上来。对话应该结束了。说实在的，是在愉快的气氛中结束的。在那热情洋溢的背后，是某位尽情享受了一本书的人。好吧。“谢谢，”祖克曼第四次说道，郑重其事地举起了他的半片三明治。

“我去的是南区，四三届的。”

南区高地，老工业城的没落中心，祖克曼在那里的时候就已经有一半的黑人居住了，而整个纽瓦克依然还是白人的天下。他上学的地方在新兴纽瓦克城的城郊，在二三十年代就居住着犹太人，他们为了子女的教育和职业发展搬离中心区破落的移民飞地，终于来到奥兰治郊区，而现在，祖克曼的弟弟，亨利，在那里有一幢大房子。

“你是维夸亥克四九届的。”

“你瞧，”祖克曼略带歉意地说，“我要吃饭赶紧离开了。对不起。”

“请原谅我。我只是想说——我已经说过了，对吗？”他为自己的坚持歉意地一笑。“谢谢，再次谢谢。谢谢您的一切。见到您很荣幸，很激动。上帝知道，我不是想要来烦您。”

祖克曼看着他走到服务台结账。他一袭黑装，身材健壮，情绪低抑，应该比他看起来要年轻，但是沉重的外八字步让他显得更加笨拙、更加可怜。

“不好意思。很抱歉。”

帽子还是捏在手里。祖克曼确信自己看到他戴着帽子出门了。

“怎么了？”

“说出来也许会让您见笑。我本人正在努力写作。您当然不必担心我会和您竞争。当你试着动笔的时候，就会真的钦佩您那样的卓越成就。这需要非凡的耐心。日复一日地面对那一张白纸。”

祖克曼在想他是不是应该很有风度地请他坐下聊聊天，哪怕一会儿也行。他甚至开始觉得有一种感情上的联系，回想起他站在桌旁宣布他也是纽瓦克人。但是当他往后一站，说他也是作家之后，祖克曼就没有那么感情用事了。

“我在想您是不是可以给我推荐一位编辑，或者经纪人什么的，可以帮助我这样的人。”

“不行。”

“那好吧。没问题。只是随便问问而已。我已经有了一位制片人，他想以我的生活为素材创作一部音乐剧。我倒是想先向公众推出一本严肃的书。先把事实讲清楚。”

一阵沉默。

“这个在您听来一定很可笑，我知道，即使您出于礼貌说没有。但这是真的。这跟我是不是个有分量的人毫无关系。我不是名人，也没有分量。您看一眼就知道。是发生在我身上的故事会做成音乐片。”

沉默。

“我是阿尔文·佩普勒。”

呃，反正他不是胡迪尼[1]。刚刚有那么一会儿似乎还有这个可能。

阿尔文·佩普勒等待着听祖克曼会对此做出什么反应。但祖克曼什么都没说，于是他急忙打圆场，也给自己台阶下。“当然对您这样的人来说，我的名字算不了什么。相比起浪费时间看电视，您有更多的事情要做。但我想，既然我们是老乡，那么您的家人也许向您提起过我。我之前没提起这件事，觉得那不太合宜，不过您父亲的表妹爱西·斯利弗和我母亲的妹妹洛蒂当初凑巧去了中心医院。她们年龄相

1 Houdini (1874—1926)，史上最有名的“逃脱术”魔法师，此处显然讽刺佩普勒迟迟不离开。

差一年。我不知道您是否有印象，但他们在报纸上称我为‘平民英雄佩普勒’。我是‘犹太海军陆战队员阿尔文’。”

“这么说来，”祖克曼说，为自己终于有话可说松了一口气，“你参加了电视问答节目，是吗？”

哦，事情没有这么简单。棕褐色眼睛流露出悲恸和愤怒，充盈着的并不是眼泪，而是真相。“祖克曼先生，连续三周我都是最大赢家。比‘二十一点’还要大，比‘问问六万四美元’的金额还要大。我是‘聪明下注’的赢家。”

祖克曼根本记不得五十年代末期看过任何一个他提到的电视节目，也不知道这些节目之间的区别。他和第一任妻子贝齐甚至没有一台电视机。尽管如此，他觉得自己还记得他家族中有某一位——很有可能是爱西——曾经提到过纽瓦克的佩普勒一家和他们那奇怪的儿子，前海军陆战队员和电视竞赛节目参赛选手。

“他们删掉了阿尔文·佩普勒，给伟大的休利特·林肯开道让位。这就是我这本书的主题。这是对美国公众的肆意欺骗。这是操纵千百万无辜人民的信任。我还要讲述我说出真相之后如何落到现在这步田地。他们成就了我，然后又毁灭了我。而且，告诉你，祖克曼先生，这还没有完呢。其他当事人还在继续着，在全美国上蹿下跳，左右开弓，没有人他妈的关心过这些人究竟是怎样地偷鸡摸狗、招摇撞骗。但是，由于我不肯替这些可怜的骗子说谎，所以我当了十年的嫌疑犯。连麦卡锡的受害者都比我日子好过。我们整个国家的人民都奋起反对那个混蛋，为无辜者平反，诸如此类的，因而，至少部分正义得到了伸张。但是，直到今天，在整个美国广播业界，阿尔文·佩普勒依然是个肮脏的名字。”

这让祖克曼更清晰地想起了那些智力竞答节目所造成的轰动，虽然对佩普勒这个名字并没有很深的印象，但是他想起了休利特·林肯，这位曾经是年轻、达观、可靠的报社记者同时又是缅因州共和党州长的儿子。当林肯还是个比赛选手时，他是美国电视节目中的知名人士，深得中小学生以及他们的老师、父母、祖父母的欣赏。直到丑闻败露，学童们始才明白，休利特·林肯在选手隔离室里脱口而出的答案，节目制作人几天前就已偷偷告诉了他。此事成了报纸头条，做了详尽报道，而且据祖克曼回忆，更好笑的是，最后的高潮居然是个国会调查。

佩普勒又说道：“我根本没想过要拿我们两个来做比较。像你这样一个受过良好教育的艺术家和一个天生就有惊人记忆力的人完全是两码事。但是，我在上‘聪明下注’节目时，无论是否受之有愧，我都得到了全国人民的尊重。如果一定要我说，我认为一位身经两场战争的海军陆战队老队员连续三个星期在全国电视黄金时间段展现犹太人的风采，对他们难道有什么坏处吗？你也许会蔑视智力竞答节目，即使是那些不做假的节目。你有权利这样——比任何人都有权利。但是，当初一般人并不这么想。这就是为什么在我夺冠的那三周里，我毫不顾忌我的宗教，而将其说了出来。我希望国人知道，一位海军陆战犹太队员在战场上可以像任何人一样顽强。我从未说过我是个战斗英雄。离英雄远着呢。在散兵坑中，我像身旁的士兵一样瑟瑟发抖，可是，即使是在枪林弹雨下，我也绝不逃跑。当然，有很多犹太人参战，他们都比我勇敢。但是，只有我可以将此信息传递给广大美国人民。而且，如果我只能通过智力竞答节目来做这件事的话——呃，那也是因为我得到了这样的机会。当然，后来，《综艺》杂志开始对本人恶言恶语，骂我是‘问题鬼’等等，这标志着结束的开始。问题鬼，就是一锤定音。而我是唯一没找他们事先要答案的人啊！我所希望的就是他们能给我一个科目，让我来钻研并记忆，然后光明正大地去拼搏。对那些人，以及他们对我的所作所为，罄竹难书啊。这也就是为什么偶遇你这位纽瓦克伟大的作家时，让我感觉这就是我生命中的奇迹。因为，如果我写的这本书可以出版，老实说，我认为人们一定会读它，而且一定会相信的。那样的话，我的名誉就可挽回了。我所做的这点滴好事也就不会被永远泯灭。在成千上万对我失望的人民中，尤其是犹太人，不管哪位无辜者被我伤害了或污蔑了，唉，终有一天他们会知晓事情的真相。他们一定会原谅我的。”

说完这一番慷慨之语，他自己也被深深打动。深褐色的虹膜犹如刚刚冶炼完的矿石——仿佛只要从佩普勒的眼眸落下一滴来就可以在人身上烧穿一个洞。

“好吧，如果是这样的话，”祖克曼说道，“你要为此付出努力。”

“我努力了。”佩普勒勉强地一笑。“我整整用了十年。可以坐下吗？”说着他指了指桌子对面的空椅子。

“当然可以。”祖克曼说道，同时压制住脑海中无数个反对的理由。

“我从未干过别的事，”佩普勒兴奋地坐在椅子上说道。“在过去十年中，晚上我从没干过别的事。可是我没有天赋，他们就是这么告诉我的。我把书稿寄给了二十二家出版商。我重写了五次，并且雇了南奥兰治哥伦比亚高中（至今仍是一所A级学校）的一位年轻教师，我按小时给她付费，请她帮我纠正语法错误和标点符号。如果没有她事先帮我矫正错误，这本书我是一页都不会提交的，因为这本书太过重要了。但在他们看来，如果你没有天赋的话，你就完了。你可能觉得我是怨怼才这么说，要是我是你，我大概也会这么觉得。但是连和我一起工作的戴蒙德小姐也深有同感：就目前而言，他们看到‘阿尔文·佩普勒’这个名字，就把书扔进废稿堆。我想他们真的只念了我的名字。更有甚者，目前在那些最低级的出版商眼里，我是个大笑柄。”佩普勒慷慨激昂地说着，可他的目光——此时的他恰与桌面持平——却似乎被祖克曼盘中未吃的食物所吸引。“这就是为什么我向你打听代理商和编辑的原因。我希望找到一个这个领域的新人，因为他不会马上对此产生偏见，而且可以意识到这件事的严肃性。”

祖克曼尽管最爱“严肃性”，但他还是不想卷入有关代理商和编辑的讨论。如果一位美国作家能想出一条理由去红色中国寻求庇护，那肯定是他想在自己与这种讨论中间，摆上千万英里的阻隔。

“不是还有音乐剧吗？”祖克曼提醒道。

“一本严肃的书是一回事，而百老汇音乐剧是另一回事。”

又一个祖克曼想立刻逃避的话题。听上去就像是“新学院”[1]里的课程引论。

“如果，”佩普勒轻声说道，“音乐剧能够完成的话。”

祖克曼乐观地说道：“可以的，你不是有一个制片人……”

“是的，但到目前为止它只是一个君子协定。还没有金钱交易，谁也没签署任何协议。这项工作应该要等到他回来之后才开始。那时我们才开始真正的交易。”

1 纽约格林尼治村 1919 年创立的大学。

“对，那你还是有盼头啊。”

“这就是为什么我在纽约，住在他的地方，将我的话用录音机录下来。这就是我该干的事情。他跟那些出版界的大人物一样，也不愿意读我写的东西。他希望在他回来前，我一直对着录音机说话。而且剔除思想，只要事件本身。唉，要饭的哪能挑三拣四的呢。”

说得好，就这样结束吧。

“但是，”当佩普勒看到祖克曼打算离开时说道，“但是你只吃了半个三明治。”

“来不及了。”祖克曼指着他手表上的时刻说道。“有人在等我。再见。”

“喔，请原谅我，祖克曼先生，对不起。”

“祝你的音乐剧大功告成。”祖克曼俯下身和佩普勒握了一下手。“祝你一切好运。”佩普勒无法掩饰他的失望。他无法掩饰任何事。抑或这是掩饰一切吗？无法分辨啊，这也是祖克曼要离开的另一缘由。

“万分感谢。”然后，他无奈地说道：“瞧，从阳春白雪转到……”

又怎么了？

“如果我吃了你的泡菜，你不会介意的，对吧？”

是在开玩笑吗？是在讽刺吗？

“我受不了这种东西的诱惑，”佩普勒解释道。“童年时遗留下来的习惯。”

“请，”祖克曼说道。“请便。”

“你真的不介意？”

“是的，不介意。”

说话的同时，佩普勒看着祖克曼吃剩的一半三明治。这并不是个玩笑，他真的很想吃。“既然我吃了泡菜，那……”他自嘲地笑道。

“吃吧。为什么不呢？”

“事实上，他们家的冰箱里没有任何食物。一直对着那台录音机讲着那些故事，我感觉饿了。当我晚上醒过来的时候，没有任何东西可以吃。”他开始拿着从自动售货机里取来的餐巾纸裹起桌上剩下的那一半三明治。“所有东西都是派送的。”

但是此时祖克曼已经走了。他在收银机处放下五便士，然后就离开了。

祖克曼在列克星顿路等红绿灯时，佩普勒已向西走了两栋楼。“还有最后一件事……”

“我说啊……”

“别担心，”佩普勒说道，“我不是要让你看我的书，虽然我糊涂……”这个自我认识让祖克曼心里万分舒坦——“但是还没那么疯。难道你能让爱因斯坦来核算银行对账单吗？”

小说家的忧虑并没有因为这阿谀之辞而得到缓解。“佩普勒先生，你希望从我这儿得到什么？”

“我只是想知道，你是否认为这个项目适合像马蒂·帕泰这样的制片人。因为只有他有心于此。我并不想非议这些人，可是，好吧，事情就是这样。我担心的甚至并不是钱。我不想搞砸了——不想再次受骗上当——可是，眼下，就让这钱见鬼去吧。我正犹豫着到底可不可以信任他公正地对待我的人生，对待我这大半辈子在这个国家所经受的一切。”

轻蔑、背叛、屈辱——佩普勒的眼睛不假“思索”地向祖克曼泄露了他所遭受的一切。

祖克曼在找寻出租车。“这可不好说。”

“可你认识帕泰吧。”

“从没听说过他。”

“马蒂·帕泰。百老汇制片人。”

“没听过。”

“但是……”佩普勒宛如一头角斗场上的巨型动物，头部重重地挨了一棒，晕得东倒西斜，但还未被打瘫在地。他一脸痛苦。“但是——他认识你。他见过你——通过奥谢小姐。当时你们都去了爱尔兰。为她过生日。”

据专栏作家所言，电影明星西泽拉·奥谢和小说家内森·祖克曼已经“出双入对”。但事实上，在银幕外，祖克曼这一生只在大约十天前在谢维茨家共进晚餐时见过她一面。

“呃，顺便问一下，奥谢小姐可好？我希望，”佩普勒此时突然若有所思地说道，“我可以告诉她——我希望你能替我转告她——在大众的眼里，她是很伟大的一个女人。在我的心目中，她是当今电影界唯一真正的淑女。不论谁说什么，都不能玷污奥谢小姐。我说话当真的。”

“我会告诉她的。”这是最简单的回复。就差没有夺路而逃了。

“我星期二熬夜看她的节目——午夜秀上有她。《神圣的使命》。又一个难以置信的巧合。我看了那节目，结果又遇到了你。我是和帕泰的父亲一起看的节目。你还记得马蒂的老头吗？从爱尔兰来的？珀尔马特先生？”

“隐隐有点印象。”如果这样可以让这家伙的热情降温，为何不这么说呢？

红绿灯到目前为止已经变换了好多次。祖克曼穿过马路，佩普勒也跟着穿了过去。

“他和帕泰一起住在那套排屋里。你应该看一下那边的设计布局，”佩普勒说道。“在底层的办公室里，亲笔签名照贴满了进去的走廊。你猜都有谁。有维克多·雨果、萨拉·伯恩哈特、恩里科·卡鲁索。所有这些都是马蒂通过经销商为他搞到的。都是些大名鼎鼎的人物，可多啦。还有一个十四克拉的吊灯，一张拿破仑的肖像油画，天鹅绒窗帘一直垂到地板。而这还仅仅只是办公室。在走廊上还有一把竖琴，赫然立在那儿。珀尔马特先生说是马蒂亲自设计了所有的装饰。都是照着凡尔赛宫的相片来的。他拥有拿破仑时代的珍贵收藏。玻璃酒杯甚至镶有金边，就像拿破仑曾用过一样。而马蒂真正居住的地方是在楼上。那儿采用的是全现代化设计。红色皮革，槽灯，漆黑的墙壁。种的植物像到了沙漠中的绿洲。您应该去看看浴室。浴室里有切花。每个月花在这上面的钱就要一千元。厕所非常豪华，所有把手都是金镶的。所有的食物都是叫的外卖，甚至包括盐和胡椒。没有人做菜，没有人洗盘子。他花了一百万装修厨房，但我觉得除了有人为了吃阿司匹林去取水外，不曾有人用过厨房。一条电话线直接接到隔壁餐厅。老人一个电话，火烤羊肉串就端了上来。火苗还在上面呢。那你知道现在还有谁住那儿吗？当然她经常是来了又走，可是，当我周一到那儿时，正是她欢迎我进去的。她带我到我的房间，帮我拿来毛巾。这个人就是盖尔·直布罗陀。”

这名字对祖克曼来说没有任何意义。他所能想到的只是如果他这么一直走下去，佩普勒会一直跟着他到家。如果他去叫一辆出租车，佩普勒也会跟着跳上车。

“我不想打扰您的行程，”祖克曼说道。

“没关系的。帕泰的家就在麦迪逊和第六十二大街的交汇处。我们可以说是邻居了。”

他是怎么知道的？

“您其实是个非常平易近人的家伙，对吧？以前连走近您我都会感到惊慌，而且心会怦怦直跳。我觉得自己没有那样的勇气。我从《明星纪事报》上读到，您的粉丝对您纠缠不休，您只得乘坐豪车，拉起车帘，雇用两个像猩猩一样的大汉作贴身保镖。”《明星纪事报》是纽瓦克的早报。

“那是西纳特拉[1]。”

佩普勒听了大笑。“呃，正如评论家们所说的，您的俏皮妙句举世无双。当然，西纳特拉也是来自新泽西，是地地道道的霍博肯人。他仍然每年会回去看他的母亲。人们并没有意识到有多少像我们这样的人。”

“我们？”

1 Sinatra (1915—1998)，美国著名歌手、演员。

“家喻户晓的新泽西男孩啊。如果我现在吃三明治，您不会生气，是不是？这样总是拿着它会觉得很油腻。”

“请便。”

“我并不想让您尴尬。老家来的乡巴佬。这里才是您的地盘，而您之所以成为您——”

“佩普勒先生，这些对我来说都毫无意义。”

佩普勒轻轻地打开餐巾纸，就像解开外科敷料一样，身体微微前倾，以免弄脏自己，他准备开始吃第一口三明治了。“我不应该吃这个东西的，”他对祖克曼说。“不该再吃了。服兵役的时候，我什么都吃。那时的佩普勒简直就是个活垃圾桶，被人家笑话。我以此而闻名。在战火纷飞的朝鲜战场，我靠着连狗都不吃的食物活了下来。和着雪强吃了下去。您不会相信我吃的是怎样的东西。可那帮混蛋在第三周就害得我输给了林肯——那是一个有关美洲史的问题，由三个部分构成，即使在睡梦中我也回答得了——而我的胃病就是从那天晚上开始的。我所有的麻烦都是从那天晚上开始的。这是事实。是那个晚上害惨了我。医生提供的报告可以为我证明。这些事情我都记录在了我的书中。”说罢，佩普勒咬了一口三明治。很快地又咬了第二口、第三口，直到全部吃完。拖延这痛苦是毫无意义的。

祖克曼为佩普勒递上了自己的手帕。

“谢谢，”佩普勒说道。“哦，天哪，看我正在用内森·祖克曼的手帕擦嘴。”

祖克曼抬起手，示意他泰然处之。佩普勒捧腹大笑。

“可是，”佩普勒边仔细地擦着手指边说道，“回头讲到帕泰，你是说，内森……”

内森。

“说我基本上不用担心有他这样才干的制片人以及他手下的人马。”

“我没有这么说。”

“可是”——佩普勒惊慌了！又回到了角斗场！——“你认识他，你在爱尔兰见过他。这是你说的。”

“就匆匆见过一面。”

“啊，可是马蒂就是这么见大家的，否则他来不及处理所有讯息。电话铃一响，你就听到秘书在对讲机的另一端让老头接电话，你简直无法相信自己的耳朵。”

“维克多·雨果，找您。”

佩普勒笑得一发不可收拾。“差不多吧，内森。”佩普勒现在可开心啦。而祖克曼不得不承认，他也乐不可支。一旦你跟这个家伙放松下来，他还挺让人开心的。你从熟食店回家的路上可能会碰上比这更糟糕的情况。

不过，他是怎么知道我们几乎是邻居的呢？怎样才能摆脱他呢？

“这是全球娱乐圈的大牌，一个个打到了他那儿。我告诉你是什么让我坚信这个项目会顺利启动。而那儿也正是马蒂现在出差的地方。你猜猜看。”

“不知道。”

“猜一下吧！尤其是你，会留下深刻印象的。”

“尤其是我？”

“是啊。”

“你可把我难倒了，阿尔文。”

“以色列，”佩普勒公布答案了。“和摩西·达扬[1]在一起。”

“呃，好吧。”

“他可以买下《六日之战》，改编成音乐剧。尤尔·伯连纳[2]差不多定下要担纲主演达扬了。有了伯连纳，这部音乐剧倒是可以为犹太人争光呢。”

1 Moshe Dayan（1915—1981），以色列军事领袖、政治家。

2 Yul Brynner（1920—1985），俄国裔美国戏剧与电影演员，奥斯卡奖得主，以《国王与我》中暹罗王形象最为著名。

“同时也可为帕泰捞好处，不是吗？”

“老天，他怎么会错过呢？他会借机大肆敛财。他们甚至连剧本都还没有，就已经把第一年的票几乎卖光了。珀尔马特先生已经试探过他们了，他们一想到这个就狂喜不已。让我来告诉你点别的事吧。顶顶保密的事情。他下星期从以色列回来，如果他邀请你以战争为背景撰写一部舞台剧，我绝对不会感到惊讶。”

“他们在考虑邀请我编写舞台剧剧本？”

“你、赫尔曼·沃克[1]和哈罗德·品特。这三个人是他们一直在考虑的。”

“佩普勒先生。”

“叫我阿尔文就好。”

“阿尔文，是谁告诉了你这一切？”

“盖尔。直布罗陀。”

“她又是怎么搞到这些机密情报的呢？”

“噢，我的天呐。首先，她有着极其敏锐的商业头脑。人们没有意识到这一点，这是因为大家只见到她的美貌。可是，在她成为封面女

1 Herman Wouk（1915— ），美国小说家，普利策奖得主，主要作品有《凯恩舰哗变》、《战争风云》和《战争与回忆》。

郎前，曾在联合国当过导游。再则，她会讲四门语言。当然，她是从当上月度封面女郎后一举成名的。”

“那她现在在做些什么？”

“无所不干。她和帕泰简直就像是永动机一样，忙个不停。马蒂在走之前发现当天是达扬儿子的生日，所以盖尔就出去给他买礼物去了——一套用固体巧克力做成的国际象棋。那个男孩很喜欢盖尔送的礼物。昨晚，她北上到了马萨诸塞州，去参加今天的一场义演：从飞机上跳落。这是替联合国教科文组织干的事情。在刚刚杀青的一部撒丁语的电影中，她还在马背上做了一些特技动作。”

“这么说来，她还是个演员啰。在撒丁语的电影里。”

“这是一家撒丁岛的公司，可这部电影是面向国际的。嘿”——阿尔文·佩普勒忽然变得羞涩起来——“无论如何，她也不可能变成奥谢小姐。奥谢小姐拥有独特的风格。奥谢小姐拥有高贵的地位。盖尔是那种……没有烦忧的女人。你知道，当你和她相处时，这就是她给人的感受。”

当谈及到盖尔·直布罗陀与人相处的表现时，佩普勒涨红了脸。

“她会说哪四门语言？”祖克曼问。

“我也不太清楚。英语当然是其中之一。我并不知道其他三种语言到底是什么。"

"如果我是你，我会刨根问底搞清楚。"

"哦，好吧，我会的。这是个好主意。拉脱维亚语应该是另一种，因为她出生在那里。"

"帕泰的父亲呢？他会说哪四门语言？"

佩普勒意识到人家在逗他。可是，他转而一想，逗他的也不是随随便便的普通人。于是，过了片刻，他释怀了，发出一阵由衷而赞赏的大笑。"噢，不要担心。和那个老家伙打交道从来不用拐弯抹角。再没有比他更好的旧派老人了。每当你进屋，总跟你握手。穿着优雅而沉静。永远保持着这种友好、谦恭、温和的神情。噢，坦率地说，让我变得自信的正是这位可爱而高尚的老绅士。他管账，他签单，让我来告诉你，当他做决定时，都很低调而又谦和。他并没有马蒂如同摇摆舞舞者般令人眼花缭乱的花招，但他才是这个家的支柱。"

"但愿如此。"

"拜托，请不要再为我担心。我已经得到了应有的教训。他们用你难以想象的恶劣方式将我一扫而出，在这之后我几乎变成了另一个人。二次大战结束后，我曾试图重新开始，然而朝鲜战争又打响了。从朝鲜的战场回来后，我又重整旗鼓，我到达了顶点，又砰的一声掉了下来。事实上，这是十年来我度过的最好的一周——最终，最终在纽约，通往美好未来的大门即将为我敞开。我良好的名誉，我强健的身体，我的海军陆战队记录，然后是我那可爱而忠诚的未婚妻。她跑了，从此我再也没有见过她。因为那帮狡诈的混蛋，我成为被众人唾弃的过街老鼠。我再也不会让他们肆无忌惮。我能看出来，你想用你那独特的幽默方式提醒我。但是，不要担心，这些俏皮话对我来说并不是一点作用也没有。我已经受到了警示。我不会再像一九五九年的自己一样，是个天真的小乡巴佬了。我不会再傻乎乎地因为一个人的衣柜里有一百双鞋，或是拥有十英尺长的按摩浴缸就认为他是个伟人了。你知道吗，他们甚至打算让我在周日的晚间新闻里做个体育评论员。现在，我应该已经成为另一个斯坦·洛马克斯，另一个比尔·斯特恩了。”

“但是他们并没有这样做，”祖克曼说道。

“内森，让我开诚布公地说吧，我愿用尽自己的一切来换取一个晚上的与你促膝而谈，任何一个你愿意的晚上，好好聊聊这个在艾森豪威尔统治下的国家中，究竟在上演着什么。在我看来，这个国家美好的一切已走到了尽头，其罪魁祸首就是电视智力竞赛和举办这些竞赛的混蛋以及那些来者不拒的蠢蛋民众。那就是一切祸害的开端，而祸害的结果就是另一场战争，这一次是一场令人尖叫的战争。像尼克松这样的骗子都当上了总统，这就是艾森豪威尔留给美国的礼物。一个穿着高尔夫鞋的白痴，这就是他留给子孙后代的礼物。不过这些全都记录在我的书里，我事无巨细地层层揭示了体面的美国人与事是如何堕落为骗子和骗局。现在，你能理解为什么我会对与包括马蒂·帕泰在内的任何人为伍而感到紧张了吧。毕竟，我对国家的批评不是你惯常在百老汇音乐剧中所能见到的。你赞同吗？如果我不削弱对体制的谴责，这种东西能改编为音乐剧吗？”

“我不知道。”

“他们承诺，如果我不将从头到尾都是猫腻的情况通报给地方检察官，就给我一份体育评论员的工作。有个小姑娘，十一岁，扎着马尾辫，他们就把答案事先告诉她，甚至都没知会她妈妈。他们让我每星期天晚上播报体育比赛结果。一切都安排好了。他们这么告诉我。《阿尔·佩普勒周末综述》。从那个节目，再转到播报扬基队的主场比赛。这一切的一切归结于他们不敢让一个犹太人在‘聪明下注’节目中做太久的大赢家。他们担心节目的收视率。他们害怕会引起全国人民的反感。贝特曼和沙克曼这两个制片人无时无刻不在探讨这个问题。他们讨论到底是让一位武装保安还是一个银行行长把问题带上台。他们讨论究竟是在节目开始时就将选手隔离室设置在舞台上，还是由一支鹰级童子军小分队在节目中展示。两个成年人，居然会为系什么样的领带而讨论一整个晚上。这一切都是真的，内森。我想说的是，如果你从我的角度看待这些电视节目，就会发现我所说的关于犹太人的看法全部都是正确的。全美三大电视网中，共有二十套智力竞赛节目，其中的七套每周有五天在播放。平均每周，他们会送出五十万美元的奖金。我指的是那种真正的智力竞赛，并不包括电视讨论节目、特技节目和公益节目，那种只有患了中风或者没有腿的残疾人才能参加的节目。每周五十万美元，哪怕是在一九五五年到一九五八年如此富裕的年代，也没有任何一个犹太人赢得超过十万美元的奖金。尽管几乎每个智力竞赛节目的制作人都是犹太人，但这就是犹太人所能获得的最高奖金。想要赢大钱，只能依靠休利特这样的异族人。异族得越厉害，他所得到的奖励就越多。这一切发生在犹太人制作的节目中，这才是让我依然疯狂的原因。‘我会刻苦钻研，做好准备，相信机会终会到来。’你知道这句话是谁说的吗？亚伯拉罕·林肯。真正的林肯。在我进隔离室之前，在第一个晚上上全国电视时引用的就是他的这句话。当时我几乎毫无所知，就因为我的父亲不是缅因州的州长，我也没有上过达特茅斯大学，所以我的机会就不会和休利特的一样多，所以三周后我会变得生不如死。你知道，因为我没有与大自然，没有与缅因州的森林融为一体。因为当休利特安稳地坐在达特茅斯大学的教室里学着说谎时，我正在两场战争中为这个国家效劳。我在二战的战场上待了两年，然后又被召唤到朝鲜战场上！幸好，这一切都记录在我的书中。这本书到底能不能改编成歌舞剧，哦，这怎么可能呢？面对现实吧。你比任何人都了解这个国家。一旦马蒂帮助我出书的消息走漏风声，就会有人向他施压并迫使他放弃我这个烫手山芋。电视台可能会收买我，也不能排除联邦通讯委员跟他私下接触的可能性。我甚至可以想见尼克松本人亲自参与镇压这件事。你知道，在他们看来，恐怕我并不是个正常的、安分的人。这就是他们告诉马蒂的，并试图借此吓退他。他们就是这样告诉所有人的，包括我在内，还有我那愚蠢的未婚妻的父母，以及美国众议院特别委员会。我拒绝接受仅仅称冠三周就被他们毫无理由地赶下台时，这就是他们散布的新闻。贝特曼十分担忧我的精神状况，担心得几乎要流泪了。'阿尔文，你知道我们对你的性格进行过很多次讨论吗？你知道当发现你并不是一个值得信任的人时，我们是多么吃惊吗？我们真的非常担心你，'他这样对我说，'我们决定为你请个心理医生。我们希望你能坚持去艾森伯格医生那里看病，直到你的精神病痊愈，脱胎换骨成为真正的你。''没错，'沙克曼说，'我去看艾森伯格医生，为什么阿尔文不去他那儿呢？我们公司绝对不会为了省几个臭钱而让阿尔文患上精神病。'这就是他们中伤我的方法——认定我是个疯子。然而，不久之后，他们又改变说法了。因为，首先，我不会参加任何心理治疗。其次，我要的是他们的一份书面保证，保证休利特和我先连续三周打成平局，然后我再退出。而且，过一个月，在征询过大众意见后再举行一场比赛，而休利特在这场比赛的最后一秒以些微的差距打败我。但比赛的内容不能关于美国史。我绝不会再让一个异族人在这上面打败犹太人，特别是当全国人民都在收看时。就像我说的，让他在别的科目上打败我，比如植物学，那些他们擅长而且对任何人没有特殊意义的科目。但是，我绝不同意让犹太人在电视的黄金时段上因为不了解美国史而被淘汰。就像我说的，我会把一切写进书中，或是将事情真相披露给媒体，包括那件他们欺骗还梳着辫子的小女孩的事，先是给她答案，然后又故意将她淘汰。现在，你一定已经了解贝特曼是多么关心我的精神状态了。‘你想破坏我的前途吗，阿尔文？为什么？为什么是我？为什么是沙克曼和贝特曼，在我们为你付出了这么多之后？我们帮你洗牙不记得了？买的漂亮西服？还给你找了皮肤护理的医生不是吗？这就是你打算回报我们的吗，不断和街上的人攀谈然后告诉他们休利特是个骗子？阿尔文，这些都是威胁，都是恐吓。阿尔文，我们并不是铁石心肠的恶人——我们在电视圈里混啊！我们不可能随便问几个问题就做成一档节目。我们希望‘聪明下注’是那种美国人民每周都会坐在电视机前翘首期盼的节目。但是，如果你只是随随便便地提问，那么会接连几次都没人知道答案，最终所有参赛者都会失败。可是失败并不能为人们带来快乐。你必须设计点故事情节，就像是《哈姆雷特》或任何其他一流的作品。对观众来说，阿尔文，你可能只是个参赛选手。但对我们来说，你意味的远不止如此。你是个表演家，是个艺术家。你是为美国创造艺术的大师，就像莎士比亚在他那个年代为英国所做的一样。但是，这一切需要伏笔，需要跌宕起伏，需要悬念，最后才是结局。这个结局应该是你输给休利特，而我们则在节目中拥有个新面孔。难道哈姆雷特会在戏末从舞台上爬起来说我不想死吗？不，他的表演已经结束，他得躺在那儿。其实，这就是艺术与劣货的区别。粗制滥造的东西可以随心所欲，它关心的只有钱，而艺术是克制的，是可控的，是永远被操纵的。这就是它夺人心魄的原因。’说到这里，沙克曼就插话进来，如果我保持缄默并坚持承诺，作为回报，他们将把我打造成一个体育评论员。我照做了，但他们真的这样做了吗？而之前他们还说我并不是个值得信任的人。”

“他们并没有，”祖克曼回答道。

“你说的一点也没错。三周，这就是他们能容忍的极限了。他们将我打扮得焕然一新，又对我言听计从。在那三周里我是他们的骄傲啊。市长曾在他的办公室里召见了我。我跟你说过这件事吗？‘你让整个国家的人民知道了纽瓦克这座城市的名字。’他在市议会前这样称赞我，市议员全体鼓掌。琳蒂公司将我的照片挂在了墙上，并邀请我为它签名。弥尔顿·伯利[1]跑到我的书桌前向我提问，作为一个搞笑的小节目。第一周，他们像捧着一个香饽饽般把我带到琳蒂公司，下一周，他们却告诉我我完蛋了。甚至，还不断地辱骂我。‘阿尔文，’沙克曼对我说，‘难道你最终将要变成这样的人吗？你曾为纽瓦克、为你的家庭、为海军陆战队、为犹太人带来如此多的荣誉，难道最后要变成个爱出风头，贪婪而没有目标的人吗？’我非常愤怒。‘你的目标是什么，沙克曼？贝特曼的目标是什么？赞助商的目标是什么？电视台的目标又是什么？’事情的真相就是他口中的贪婪与我的所作所为没有丝毫关系。是自尊支撑着我走到现在。作为一个人的自尊！一个老兵的尊严！一个两次走上战场的老兵的尊严！一个纽瓦克人的尊严！一个犹太人的尊严！你能理解吗，他们一直在说，面对着休利特·林肯，阿尔文·佩普勒的一切和他的所谓的自尊自爱都是彻头彻尾的废话。那个骗子，最后居然搞到了十万七千三百美元。我曾收到过三万封崇拜者的来信，接受过来自全世界五百多名媒体人的采访。只是换个人吗？得换个宗教，这才是丑陋的事实！这个事实伤害了我，内森。我现在依然感到很受伤害，我发誓，这绝不是出于自怨自艾。这就是为什么我要与他们对抗的原因。我将与他们

1　Milton Berle (1908—2002)，美国喜剧演员、主持人。

奋战到底，直到我真实的故事展现在美国公众的面前。难道你还不明白吗，如果帕泰是我唯一的机会，我将不得不铤而走险。如果一定要先有音乐剧然后才能出书，那么我将沿着这条路走到底，直到我的恶名被洗刷干净！”

汗水沿着他的黑色雨帽汇流而下，他用祖克曼的手帕把脸抹干净——因为这个举动，被佩普勒逼迫至街角邮箱旁的祖克曼得以远离他。十五分钟里，这两位纽瓦克人走过了一个街区。

他们站立的街的对面是巴斯金·罗宾斯冰激凌店。尽管傍晚非常冷，但是冰激凌店里的顾客仍是络绎不绝，仿佛夏天已经到了。在灯火通明的店里，有一群顾客在柜台前排队等待。

因为不知道如何去回应，又或者是佩普勒汗流如注的缘故，祖克曼听到自己问道：“来份冰激凌如何？”毫无疑问，佩普勒希望从祖克曼那里听到的是：*你被洗劫一空，被摧毁，被残酷地背叛了——《卡诺夫斯基》的作者承诺会尽其所能洗清佩普勒所受的冤屈。*然而，祖克曼唯一能帮得上的是提供一份冰激凌，而且他并不认为其他人能做得更好。

“老天，请原谅我，”佩普勒说道。“对此我真的很抱歉。我喋喋不休抱怨了这么久还吃掉了你的半份晚餐，你一定感到很饿了。如果我在这个话题上失去自制力，请一定要原谅我。能见到你真的让我感到非常惊讶。通常，我并不会变得如此思维混乱，跟街上的人们一直讲我遇到的麻烦。因为平时我和人相处时都非常沉默，很多人以为我身体状况不好。直布罗陀小姐，”他涨红了脸，“觉得我实际上跟个聋哑人没啥两样。嘿，让我买给你吧。”

“不，不，不需要。”

但是，当他们横穿过街道时佩普勒依然坚持。“在你给我这样的读者带来莫大的阅读愉悦之后，在你如此耐心的倾听之后，”佩普勒大喊道，甚至不让祖克曼拿着钱走进冰激凌店里，“没错，没错，绝对应该是我请客。请我们这个伟大的纽瓦克作家！他迷住了整个国家。请那个伟大的魔术师！他将一个活生生的卡诺夫斯基从魔术帽中变了出来。他使整个美国如痴如狂。请那本精妙无比的畅销书的作者！”然后，忽然间，他像慈父带着自己心爱的小男孩出去游玩般温柔地注视着祖克曼。“你要在冰激凌上撒点小糖条吗，内森？”

“行啊。”

“要什么口味的？”

“巧克力的吧。”

“两勺都要吗？”

“是的。”

佩普勒一边滑稽地轻敲自己的脑壳，一边匆忙地走进店里，仿佛这一点要求已经被安然地保存在这个曾令纽瓦克、整个国家和犹太人骄傲的过目不忘的脑袋里。祖克曼在店外的人行道上独自等候。

但是，等待什么呢?

难道玛丽 · 梅普斯 · 道奇会这样等待一份冰激凌吗?

难道弗兰克 · 西纳特拉会吗?

难道任何一个有点脑子的十岁小孩会吗?

仿佛正在一个舒适的夜晚里消磨时光，祖克曼试着用缓慢的步伐向街角走去。然后，他沿着旁边一条小路大步跑起来，将佩普勒远远甩在了身后。

第二章

『你就是内森·祖克曼』

虽然他的新号码还没登记到电话簿，祖克曼每月还是会为负责为他接听来电的接线生业务花上三十美元。“最近可好，我们的帅哥作家？”祖克曼那天夜里晚些时候打电话询问当天的来电信息时罗谢尔问道。罗谢尔负责这项业务，她对待那些素未谋面的客人宛如对待挚交老友。“您什么时候来啊，也让姑娘们兴奋兴奋？”祖克曼回答说，偷听他的电话已经让她们足够兴奋了吧。虽是好意的玩笑，不过祖克曼也相信事实的确如此。她们的窃听也好过不得不对付那些他不愿搭理的人，他们好像能够轻而易举地得到他未登记的号码。好像有这么个机构，花上二十五美元就可以得到一位名流未公开的号码。甚至可能跟他的代接电话服务站沆瀣一气呢。甚至可能就是他的代接电话服务站干的。

“鲱鱼卷大王打电话来过。亲爱的，他迷上您了。您是犹太人的查尔斯·狄更斯。这是他的原话。祖克曼先生，您没有回电让他很伤心。”这个鲱鱼卷大王觉得祖克曼可以在电视购物广告上为开胃小食品代言——如果他的母亲不方便，可以让一个女演员来扮演祖克曼夫人。“我爱莫能助，下一条。”“但是您喜欢鲱鱼——书里写的。”“大家都喜欢，罗谢尔。”“那干吗不做呢？”“下一条。”“一个意大利人，上午两次，下午两次。”如果祖克曼没让他采访，这个意大利人，一个罗马记者，就要被炒鱿鱼了。“您觉得这是真的吗，帅哥？”“我希望如此。”“他说他无法理解您干吗那样对他。当我告诉他我只是电话秘书时，他十分恼火。您知道我怕什么吗？怕他自己杜撰啊，内森·祖克曼的私人访谈，然后像真的一样传遍罗马。”“这是他说的某一种可能？”“他说了多种可能。您知道的，一旦一个意大利佬打开了话匣子。”“还有其他来电吗？”“他留下个问题，祖克曼先生。一个问题。”“我已经回答了最后一个问题。还有其他人来电吗？”

“劳拉，”这个名字才是他等着听到的。

“梅兰妮。打了三次。”“没说姓什么吗？”“没有。就告诉他罗得岛州的梅兰妮打了对方付费的电话，他就明白了。”“这可是个大州——我可不明白。”“如果您愿意付款您就知道了，然后您就什么都明白了，”罗谢尔压低声音说，“只要一美元。之后它就从您的账单里扣除了。”“我还是存银行吧。”她笑起来。“我不怪您。您知道怎样攒钱。我打赌，国税局不会像收我税那样收您的。”“他们尽其所能搜刮。”“那合法避税怎么样？您或许在做昆士兰果的生意？”“没有。”“牛呢？”“罗谢尔，我帮不了鲱鱼卷大王、那个意大利人和梅兰妮，我对你同样爱莫能助。我对那些避税方法一无所知。”“没有避税？以您那个纳税等级？您必须要交出总数的百分之七十。那您怎么办啊？都靠写进娱乐开销，干他们一票？”“我在这方面很让我的会计失望。”“那您到底要干什么呢？不避税，也没娱乐开销，除了平常的税，还得缴纳‘约翰逊附加税’。请原谅我那么说，要果真如此，那么，祖克曼先生，山姆大叔就应该跪下来亲吻您的屁股。”

那天早些时候，投资顾问基本上也是那样讲的。他是一位整洁高大又很有涵养的绅士，比祖克曼年长不了多少。他办公室的墙上挂了幅毕加索的画。玛丽·谢维茨是祖克曼代理人安德烈的妻子，两人老是抬杠，她常常对安德烈的客户大发母性。玛丽一直期望比尔·华莱士用他那高雅的调调和内森谈谈钱的问题，能感化他就好了。华莱士也出了本畅销书，通过写一个马球俱乐部的会员对证券集团进行了诡妙的攻击。据玛丽说，《无耻的利润》——一本华莱士的揭秘之作——对于这些富得流油的犹太投资者备受谴责的良心可以起到化腐朽为神奇的作用。他们喜欢标榜自己对这种投资体系深怀疑虑。

你可别想着要欺骗玛丽，即使是住在派克大街，玛丽对于这些所谓俗事也心知肚明。她母亲是个曾在布朗克斯区干活的爱尔兰洗衣妇——听她的口气，就好像世上没有其他的爱尔兰洗衣妇一样——她把祖克曼视为那种私心里想要在白人的上层主流社会里干番大事业的人。劳拉家就属于白人上层主流社会，但是以洗衣妇的标准看，才算个开头。“你以为，”玛丽告诉他：“如果你装作视金钱如粪土，没人会把你误认为纽瓦克的犹太佬吗？”“恐怕还有其他很明显的特征吧。”“不要用犹太笑话敷衍我。你懂我的意思的，你就是一个犹太佬。”

优雅的投资顾问魅力四射，祖克曼尊贵至极，墙上那幅毕加索蓝色期的作品也对他俩视若无睹，听而不闻：不闻钱财，无视财富，心不为之所系。画作讲的是悲惨的煎熬，这主题全然荡涤了空气。玛丽说到点子上了。无法想象他俩正在讨论的这样东西，世人为之乞求，为之欺骗，甚至为之伤人害命，或者，只是为之朝九晚五地工作。他们在谈的，似乎是虚无缥缈的事情。

“安德烈说你在财务方面比在你的小说上要保守得多。”

虽然祖克曼穿得并没有他的投资顾问那么讲究，可他在这种场合却丝毫不输在含蓄上：“写书的时候我又没什么东西可失去的。”

“的确，的确。您是理智型的，任何理性的人都会这么做。您对钱一无所知，您知道您对钱一无所知，所以您就不愿意行动，这也是人之常情。”

随后的一个小时好像是进入了哈佛商学院第一天的课程，华莱士向祖克曼讲述了资本投资的基本常识，以及如果资金一直收在鞋盒里会发生什么。

当祖克曼要起身离去时，华莱士温和地说："如果您需要什么帮助的话……"好像这话是刚刚想到，随口说说的。

"一定一定……"

他们握了握手，不仅仅表示互相理解，更是在如何依己之愿扭转乾坤上达成了共识。这跟在祖克曼书房中的情形可是大相径庭。

"虽然我看起来可能不像，可是，目前为止，我对艺术家为自己所设立的那些目标了如指掌。这些年来，我尽力帮了一些像您这样的人。"

自谦啊。"您这样的人"指的可是美国绘画界三个最赫赫有名的大人物。

华莱士莞尔一笑。"他们都对股票和债券一无所知，但是现在他们都对自己的财务状况高枕无忧。他们子女的明天也如此。而且不仅仅是靠卖画来赚钱。他们也和您一样，不愿意整天为自己的作品叫卖，这本来就不是您该干的。您应该一心创作，完全无视市场，长期沉浸于作品中。'当我觉得我已收获果实，就会断然把它出售；如果它的确很棒，我也不会错失掌声。与此同时，我不愿欺诈公众。如此而已。'

福楼拜的名言。”

听上去很不错。要是谢维茨夫妇没有向华莱士事先透露这个大富豪的软肋，就更好了。

“如果我们你一言我一句地引经据典，讲什么摒弃全部，唯有我那圣洁的作家天职为重，”祖克曼说，“那我们就得在这儿待到明天深夜了。就让我告辞回家，先去跟鞋盒商量商量再说。”

当然他是想和劳拉商量这件事。他想和劳拉商量任何事，可是就在他的眼光见地受到了前所未有的挑战之时，他也丧失了她的慧眼卓识。如果他事先跟蕙质兰心的劳拉商量一下他要离开她了，他或许就根本不会离开了。如果当初他们坐在他的书房里，每人拿一支铅笔和一本黄色的便条簿，他们本可以在《卡诺夫斯基》出版前夕一如往常、有条不紊、实实在在地列出开始新生活的种种后果，而这些后果是完全可以预见的。可是，为了新的生活他离开了，因为除了其他一些事情，他再也无法忍受他们惯常的方式——坐下来，拿着便条纸和笔与她一起把东西一一罗列出来。

自从搬运工把他的东西——打字机、工作台、矫形办公椅和四个文档橱，里面塞满了废弃的手稿、被遗忘的期刊、读书笔记、新闻剪报，还有厚重的文件夹，里面是可以追溯到大学时期的信件——从商业区的班克街整层公寓里运走已经过去两个多月了。他们还搬走了他的书，据他们估计得有半吨重。虽然正气凛然的劳拉坚持要内森把他们一起积攒的一半家当都带走——小到毛巾、银器和毯子——他却坚持只带走书房里的家具。他们为此争执时，手牵着手，涕泪俱下。

携着他的书从一种生活走向下一种生活，对祖克曼来说毫无新意。一九四九年，他离开家前往芝加哥，箱子里装着标了注释的托马斯·沃尔夫作品和《罗格斯同类词词典》。四年之后，在他二十岁时，他离开芝加哥，带着五纸箱经典名著，那是他用自己的零用钱买的二手书，他在部队里服役的两年中，那些书就存在父母家的阁楼里。一九六〇年，他和贝齐离婚，把书从那不再属于他的书架中取下来打包，装了三十箱。一九六五年，他和弗吉尼亚离婚，将近六十箱的书被车运走。一九六九年，他离开班克街，带着八十一箱书。为了存放这些书，按照他的具体要求，在他的新书房里沿着三面墙建起了高达十二英尺的新书架。可是，虽然两个月过去了，虽然书籍一般都会最先在他家里找到合适的位置，但这次它们至今仍困在箱子里。五十万页的书碰都没碰过，更没翻开过。唯一好像存在的书，便是他自己的那本。每当他试图忘记它时，就有人提醒他这书的存在。

来上城区的头一天，祖克曼和木工签了合同，买了台彩电，一条东方地毯。他心意已决，不管那些离别泪，一定要铁了心啊。那条东方地毯成了他房里第一件也是最后一件装饰品。东西于是越买越少：

一只壶、一口平底锅、一个盘子、一条擦盘子的毛巾、一条浴室用的窗帘、一把帆布椅子、一张帕森斯桌、一个垃圾筒——每次买一件，都是到了该用的时候才去买。在他的老书房里的折叠床上睡了几周之后，在他为离开劳拉是否算是大错特错而踌躇辗转了几周之后，他终于鼓起勇气买了一张像样的床。在布鲁明代尔百货店，当他伸展四肢，仰面躺卧，欲确定哪个牌子最厚实之时——当消息在整层楼里传递，说“卡诺夫斯基”亲自来挑床垫了，天知道是为了谁，或是为多少人——祖克曼自言自语，别介意，没什么损失，没任何改变：如果哪天搬运工要把书籍装车运回城区，他们也得把这张新的双人床一同搬过去。他和劳拉可以用它换掉那张用了将近三年的床，他们曾经一起睡在上面，或者单独睡在上面过。

噢！劳拉被多少人爱慕和敬仰！伤心欲绝的母亲们、备受挫败的父亲们、焦躁绝望的姑娘们，他们都会定期给她寄来礼物致谢，感谢她对那些为了躲避征兵而藏匿于加拿大的他们亲爱的人儿给予的支持。送来的自制蜜饯被她和祖克曼当做早餐；送来的巧克力被她散发给了邻里的孩子；还有让人感动的手编衣物，劳拉把它们赠给了教友派信徒，他们在麦克道格尔街上开了家“和平与谅解廉价旧货商店”。那些与礼物一并寄来的贺卡以及感人至深又充满苦痛的纸条和信件都被劳拉像至爱留念一样保存在文件夹里。为了保障这些信的安全，防止联邦调查局的擅闯，这些文件夹存在了罗斯玛丽·迪特森那里，她是一位上了年纪的退休教师，自己一个人独居在隔壁的地下室里，也很喜欢劳拉。他们搬进这幢大楼才几天，劳拉就看到一个身体孱弱、衣冠不整的老太太颤颤巍巍地在陡峭的水泥台阶上向下挪动，并没有扔下买的杂货或摔断髋部，那一刻劳拉就把保障罗斯玛丽的健康和福利当作了自己分内的事情。

你怎能不爱我们慷慨大方、无私奉献、善解人意又心地善良的劳拉？他怎能不爱？然而，在他们同居在班克大街那幢公寓的最后几个月中，他们俩生活唯一的交汇点只剩那台租来的复印机，在那个贴着瓷砖的大浴室里，它被放在他们浴盆的旁边。

劳拉的律师事务所设在公寓前部的客厅里，他的书房挨着房后寂静的庭院，是间预备室。平日里忙起来，他有时候不得不在浴室门口等着用复印机，而劳拉在匆匆地复印即将寄出去的材料。如果祖克曼不得不复印特别长的材料，他就会等到劳拉午夜洗浴时再干，这样他们就可以边聊天边看着一张张纸从机器中掉出来。有天下午，他们甚至还在复印机旁的浴室地垫上做爱，然而那是复印机刚装上时候的事了。一天之中，能撞见彼此，手里还拿着手稿，那还是件很新鲜的事情；那段时日，很多事情都很新鲜。可是到了最后一年，他们几乎没有在床上做过爱。劳拉的脸蛋一如既往的甜美，乳房也还是那么丰满，谁会质疑她的心是否还在它该在的地方？谁会质疑她的美德，她的正直和她的执着？可是，到了第三年，他开始怀疑劳拉的执着是否成了掩蔽他个人目标的盾牌，甚至让他自己也不知该何去何从。

虽然照顾反战者、逃兵和拒服兵役的人已经让她从早忙到晚，就连周末也搭进去了，可是她还是能够在日历上记下班克街上住着的每个孩子的生日，每到孩子生日那天早上，她便将一个小小的礼物送进那家人的信箱里，上面写着："劳拉和内森 · Z赠送。"对待朋友，她也如此。她将朋友的周年纪念和生日连同她要于哪天飞往多伦多、哪天去位于弗利广场的法庭一并记了下来。她在超市或公交车上碰到的每个孩子都无一例外地偎在她身旁，跟着劳拉学折纸飞马。有一次祖克曼看着她穿过一整节拥挤的地铁车厢，告诉一位拉吊环的乘客他的皮夹从后衣袋里露了出来——祖克曼细细端详，发现他是个衣不蔽体的醉鬼，很可能这皮夹是从别人落下的东西里找来的，或者是从别的醉汉身上摸到的。虽然劳拉不施粉黛，虽然她身上唯一的装饰是别在风衣上的彩釉小鸽子，那个醉鬼却似乎把她当成了四处拉客的妓女。他抓着自己的裤子，令她滚开。祖克曼后来说也许那人叫她滚也是有道理的，她完全可以把醉汉交由救世军去管。他们就她不切实际的社会关切起了口角。祖克曼觉得应该适可而止。"为什么？"劳拉断然问道。那时候是一月份，就在《卡诺夫斯基》出版的前三个月。

接下来的一个星期中，他没什么理由再把自己锁在书房中了，他通常在那里奋笔疾书，将纸上的生活复杂化，以此消磨时光。他收拾好行李，又一次开始将自己在现实中的生活复杂化。拿着他的文章校样，带着他的行李箱，他搬进了一家旅馆。他对劳拉没有感觉了。写完这本书后感情也耗尽了。或许这本书的付梓使他终于有时间看一看究竟是什么逝去了，这种情况在他和他的几任妻子间上演了多次。这个女人太好了，你配不上他，他一边告诉自己，一边躺在旅馆的床上读着校样。她是一张体面的脸，在需要体面的时候，你就躲在这张脸后面，你躲了一辈子。甚至不仅仅是劳拉的善心让你厌烦，烦得流眼泪——关键是那张令人肃然起敬、负责又善良到令人讨厌的脸。就该惹你烦！真他妈的丢人！冷血的叛徒，背弃了至亲的告白；残酷的讽刺大师，戏谑自己的挚爱椿萱；绘声绘色地描述与女人之间的种种际遇，那些曾与他靠信任、情欲和爱紧紧相系的女人——不，你根本不适合这虚假的体面。这其实就是懦弱——幼稚、满含耻辱又不可原谅的懦弱——因为懦弱，你才会想去证明，你也是个高尚的体面人，但这跟你文学中有生命力的东西都背道而驰。懦弱迫使你向自己证明，你只是通过那些能给你写作注入活力的事情才搞颠覆活动，所以不要再企图证明了。她在为正义的事业效忠，你在为艺术的创作而献身。有你这样头脑的人竟然花了半生的时间才看出这差别，真是不该！

三月，他搬进了位于东第八十几大街的新公寓，这样他就用大半个曼哈顿把自己同劳拉那充满使命感的热情以及道德声望给隔开了。

来电查询结束之后，在他开始写邮件之前，祖克曼拿出电话号码簿查找一个叫“马丁·帕泰”的人的电话号码。号码簿上没有列出，他也没有在常用目录和分类电话簿里找到“帕泰出品公司”的号码。

他又拨通了来电查询服务专线。

“罗谢尔，我想查找女演员盖尔·直布罗陀的电话。”

“她真走运。”

“你有娱乐圈里人的电话簿吗？”

“我这里应有尽有，祖克曼先生。我查查看吧。”当她又出现在电话那端时，她说：“没有盖尔·直布罗陀，祖克曼先生。最沾边的人我查到的是罗伯妲·普利茅斯。您确定那是她的艺名不是她的本名吗？”

“我听着不像是本名。但现在好像真名都取得像艺名了。她最近演了一部撒丁语的电影。”

“稍等，祖克曼先生。”可是，她再回复电话时，还是一无所获。“我在哪儿都找不到她。您是在哪里遇见她的啊？聚会吗？”

“我从没见过她。她是我朋友的朋友。”

“明白了。”

“他告诉我她曾是《花花公子》的‘月度女郎’。”

“好的，让我试试这个。”然而她还是没有在模特列表中找到一个叫直布罗陀的人。“把她的外貌描述给我听吧，祖克曼先生。”

“不必了，”他说，然后挂了电话。

他打开目录，翻到“珀尔马特”，里面没有“马丁”。被列出的十六个其他珀尔马特中，也没有居住在东第六十二大街的。

邮件。邮件时间到了。你无端激动，列表中无疑列着“撒丁岛公司”。当然没有理由要去查看，但也没有理由要逃避啊。不要再逃避了。以上帝之名，你到底在逃避什么呢？不要觉得些许关注就是对你隐私的冒犯、对你自尊的玷污——更糟的，对你生命的威胁。甚至你也不是什么大名流。不要忘了，在这大半个国家，在这大半个城市，即使你拿着写有你名字和你不愿公开的电话号码的广告牌走在大街上都不会有人在乎你。就算在作家圈里，即使是在那些称得上严肃作家的圈子里，你也不是什么大牌。我不是指责你因为这次变故而变得有些不知所措，我只是说出名，甚至在这个时候出名有一点点臭名昭著的感觉——当然只有一点点，如果跟查尔斯 · 曼森[1]——甚至是和米克 ·

1 Charles Manson (1934—2017)，二十世纪六十年代末邪教杀人组织曼森家族领袖，血债累累。

贾格尔或者让·热内[1]比起来……

邮件。

他觉得，与其用邮件来开始他的一天不如用它来结束自己的一天，这样他才有可能干些活；当然他如果真想干活，最好全然对邮件视而不见。然而，在他变成街那头殡葬所里死尸的一员之前，他又怎能视而不见，又怎能不再去想，又怎能企图逃避呢？

电话响了！劳拉！他在三天里给她留了三条留言，但却石沉大海。可是他确定那是劳拉打的，打电话的人必定是劳拉，她也和他一样孤独和失落。然而，为了确保万无一失，他让来电服务那边接了电话，然后轻轻地拿起了听筒。

罗谢尔不得不三番五次请来电的人说得更清楚点。祖克曼默默听着，也听不太懂。是那个追着采访他的意大利人，还是急着要他做广告的那个鲱鱼卷大王？一个想学动物说话的人，还是一个想学人说话的动物？难以断定。

“请您再说一遍，”罗谢尔说。

要和祖克曼通电话。有急事。快转接。

1 Jean Genet（1940—1986），法国作家，从文前曾是流浪汉，后又因偷窃、卖淫屡次被捕，小说常以放纵、监狱、性猥亵为主题。

罗谢尔请他留下姓名和电话号码。

快转接。

她又一次询问了姓名，通话断了。

祖克曼说话了。“喂，我在。到底怎么回事儿？”

“哦，您好，祖克曼先生。”

“刚才怎么回事儿？你知道吗？”

“可能就是个变态狂吧，祖克曼先生。我觉得没必要担心。”

她上过晚班，她应该知道的。“你不觉得是什么人想隐瞒自己的嗓音？”

“有可能。或者这人正在吸毒，我觉得不必担心，祖克曼先生。”

邮件。

今晚有十一封邮件——一封来自安德烈西海岸事务所，十封（依然是日均数）被装在一个大信封里，是出版商转寄来的。这十封信中，有六封是寄给内森·祖克曼的，还有三封是寄给吉尔伯特·卡诺夫斯基的，剩下一封由出版社特意转交，收信人草草写着“犹太人之敌”，这封转寄的信还没被拆封。收发室那帮家伙真是聪明得不得了啊。

最吸引人的是那种标着“内有照片，请勿弯折”字样的信，可是这一捆信里没有一封。他目前为止已经收到了五封那样的信，最有趣的还是第一次收到的那封。那封信来自新泽西的一位年轻小秘书，她寄了张自己的快照，穿着黑色内衣，斜倚在一片利文斯顿她家后院的草坪上，正在读着约翰·厄普代克的小说。画面一角上有辆翻倒的三轮脚踏车，好像暴露了她在所附履历中所声称的单身状况不实。可是用他看《简明牛津英语词典》时的放大镜检查了半天，他还是没有发现照片上的这玉体有任何生过孩子或有丝毫世间烦恼的迹象。会不会是三轮脚踏车主恰好骑经此处，又恰好匆匆下车，被叫来按下快门呢？祖克曼大半个上午断断续续地把玩这张照片，然后他把信转寄到了马萨诸塞州，还附了张纸条，询问厄普代克是否可以友好地邮回误寄给他的祖克曼书迷的照片。

从安德烈事务所寄来的是张剪报，从《综艺》杂志上剪下的专栏，落款签名是“西海岸事务所秘书”的缩写，她说自己对祖克曼作品甚是仰慕，于是就给他寄来了这些文艺界出版的报道，她觉得祖克曼有可能会错过它们。最近的这份用红笔在下面画了线：“……拥有独立资产的鲍勃·‘斯里佩’·拉古[1]花了将近一百万购买了内森·祖克曼当红巨著的未完成续篇……”

哦，真的吗？什么续篇？拉古是谁？帕泰和直布罗陀的朋友？她

1　英语原文为“Sleepy Lagoon”，意为“沉睡的潟湖”。

干吗把这个寄给我?

“未完成续篇。”

哦,扔了它吧!一笑置之!当你需要报以微笑时还是接着回避吧!

亲爱的吉尔伯特·卡诺夫斯基:

别再心满意足了。问题不在于卡诺夫斯基快乐吗,甚至也不在于,卡诺夫斯基有权利快乐吗?该扪心自问的是:我已经尽我所能功成名就了吗?人应当不以物喜不以己悲。人必须……

亲爱的祖克曼先生:

家丑不可外扬啊!

亲爱的祖克曼先生:

谨以此信纪念那些曾经承受集中营恐怖的人们……

亲爱的祖克曼先生:

很难再以更大的愤懑、蔑视和仇恨描写犹太人了……

电话响了。

这次他不假思索地拿起了听筒——像他过去想也不想地上公交车、出去吃饭和独自在公园里散步一样。“罗蕾莱[1]！”他对着话筒喊道。仿佛这样就可以把劳拉召唤出来，把他们一切美好而枯燥的班克街生活召唤回来。他的生活回归正道。他又可以把那张体面的脸庞朝向世界。

“别挂断，祖克曼。别挂断，除非你想自找麻烦。”

就是先前他和罗谢尔偷听到的那个人。这种沙哑尖利的嗓音，语调含糊而蠢拙，听起来就像庞大的动物在狂叫，对，就像一只从水中崭露头角的海豹突然发出人声。听起来像是白痴在说话。

“我有重要消息要告诉你，祖克曼，你最好给我听清楚！”

“你是谁？”

“我要点钱。”

“什么钱？”

“别装蒜！祖克曼，你是内森·祖克曼，要你的钱。”

“听好了，不管你是谁，这可一点都不好玩。你要明白，这样子是

1 德国传说中的女妖，出没于莱茵河岩石上，以美貌及歌声诱惑水手使其船触礁。其读音和“劳拉”相近。

会惹麻烦的，即使你的模仿仅是开个玩笑。你这演的是谁呢，是被打得鼻青脸肿的拳手，还是马龙·白兰度？”这也太荒谬了，挂了吧，没什么可说的了，挂了好了。

可是他不能挂断——当他听到那个声音说：“你母亲住在迈阿密海滩银色新月路 1167 号。她住的公寓走廊对面住着你的姑妈爱西和她丈夫梅茨先生，你姑父是个桥牌手。他们住在 402 房间，你母亲住在 401 房间。一个叫奥利维亚的女清洁工每周二来一次。每个周五晚上你母亲会和爱西以及她的一帮人在世纪海滩共进晚餐。每个周日早上她都去庙会帮忙搞义卖。周四下午她去俱乐部。她们会坐在泳池边打凯纳斯特纸牌，其中有碧·沃斯、西尔维娅·阿德勒斯坦、莉莉·索博尔、莉莉的嫂子弗洛拉还有你母亲。要不，她就去疗养院看你老爸。如果你不想让她在人间消失，你就得好好听我说，也别在琢磨我的嗓音上浪费时间了。我生来就这副嗓子，并不是所有人都像你一样十全十美。”

“你是谁？”

“我是你的书迷。尽管你侮辱了我，我得坦诚相告。我很仰慕你，祖克曼。我已经关注你多年了。我一直等着你能横空出世，一炮而红。我知道那天总会来的。非来不可。你真的很有才华。你让一切活生生地展现在人们面前。不过，坦率而言，我不觉得这是你最好的一本书。”

“哦，是吗？”

“想要驳倒我吗？试试看啊，但这本书的确没深度。很抢眼，是的；但深度，不够。要想有新的开创，你就得这么写。所以你现在的作品不完整，还很粗糙，花里胡哨。但我理解。我甚至推崇它。尝试新路是成长的唯一途径。如果你还没有失掉你的勇气，我已经预见作为作家你会突飞猛进的。”

“而且你要和我共进，是这个意思吗？”

他像剧中的恶棍那样苦笑了几声：“嗬。嗬。嗬。”

祖克曼挂了电话。本该一听到不是劳拉就挂了才对。就是他必须要习惯的事情。不足挂怀，毫无意义，并不出乎意料——毕竟他写的又不是《汤姆·斯威夫特》[1]。对啊，罗谢尔说得对。“可能就是个变态狂吧，祖克曼先生。我觉得没必要担心。”

然而，他对是否报警犹豫不决。他所担心的是那人在电话里谈及他母亲在佛罗里达的情况。不过呢，自从《人生》杂志做了那期封面报道，之后母亲便受到迈阿密报业的关注，说真的，如果你正好在留心，有关内森·祖克曼母亲的点点滴滴并非难以搞到。她自己成

1 美国科学、历险小说，从 1910 年开始已出版逾百种。

功抵制住了各种为了对她进行“独家”访谈而使用的决绝手段，无论是谄媚奉承，巧言诱骗，还是威胁恫吓；倒是孤单寂寞、最近刚成了寡妇的弗洛拉·索博尔，即莉莉的嫂子，却无法抵御对她的突袭。虽然在此之后弗洛拉坚持声称自己只是和女记者在电话里聊了几分钟，然而一篇长达半页面的文章却在《迈阿密先驱报》的周末娱乐版堂皇面世，标题为：“我与卡诺夫斯基的母亲打凯纳斯特”。文章还附了配图，是寂寞美丽又上了年纪的弗洛拉和她的两只哈巴狗的合照。

大约在他的成名作出版之前的六个星期，他就预见了即将来临的成功将是何等规模，有些坐立不安，意识到众口一词的赞美歌也未必完全就是件好事，他于是坐飞机南下迈阿密，帮母亲为记者的来临做准备。经过晚饭时的一番谈话，母亲那晚失眠了，最后不得不穿越走廊，跑到爱西的公寓那里以求让自己镇静下来，还要跟爱西严肃地谈谈。

我深深地为我儿子骄傲。我说完了。非常感谢，再见。

如果记者打电话来，这是她最明智的应答。当然，如果她不介意自曝，如果她想让自己的大名见诸报端……

“亲爱的，这是你妈，不是伊丽莎白·泰勒。”

于是，在海鲜晚宴上，他装作一位报社记者，声称他最重要的事就是给她打电话，询问内森小时候她们是怎么教他大小便的。母亲转而也不得不假装，只要他的新书一上架，这种事情就得天天发生似的。

“‘可是，做卡诺夫斯基的母亲是什么感觉呢？让我们直面这问题，祖克曼太太，这就是您现在的身份啊。’”

“‘我的两个儿子都很棒，我以他们为傲。’”

“真不错，妈。如果您想那么说，那蛮好的。不过呢，如果您不愿意，您甚至不必说那么多。如果您愿意，只笑笑就行啦。”

“这不是笑话人家吗？”

“不，不——没必要侮辱别人。这可不是什么好主意。我的意思是，就轻轻一笑置之。或者守口如瓶。沉默是金，是最奏效的。”

“好的。”

“‘祖克曼太太？’”

“‘有事吗？’”

“‘天下人都很好奇。他们读了您儿子的大作，书里写了吉尔伯特·卡诺夫斯基和他母亲的故事，现在他们想从您这里了解一下，成名是什么样的感觉呀？’”

“‘无可奉告啊。谢谢您关注我儿子。’”

“妈，挺好的啦。不过我想说的是，您可以在任何时候跟他们说拜拜。这些人总是死缠烂打，所以您要做的就是道别，并把电话挂了。”

“‘再见。’”

“‘请等一下，先别急，求求您，祖克曼太太！我是带着任务来的，我刚刚又有了个孩子，刚买了房，有很多账单要付——一则关于内森的报道可以让我大大加薪啊。’”

“‘哦，我相信您写其他也会加薪的。’”

“妈妈，太棒了！接着说。”

“‘谢谢您的来电。再见。’”

“‘祖克曼太太，就两分钟，而且不发表，行吗？’”

“‘谢谢，再见。’”

“‘那就一分钟。就一句话。祖夫人，求您就为我写的关于您了不起的儿子的文章说短短一句话行吗？’”

“‘再见，再见了。’”

“妈，事实上您甚至没必要一直说再见。虽然对于一个有修养的人来说这样很难理解，可是到时候您尽可以直接挂了电话，不要觉得您怠慢了谁。”

吃甜点的时候他又让她演练了一遍，只为了确定她是否已经准备好了。半夜里她会需要“安定”就不奇怪了。

三个星期前，他又一次去了迈阿密，直到那时他才知道原来探亲访友可以如此让人心烦意乱。他们先是去看了住在疗养院的父亲。自从上次中风之后，祖克曼医生说的话都让人听不大懂了——一个单词只说出一半儿，音节也掐头去尾——有好几次他一开始都没有认出祖克曼太太。他看着她，嚅动着嘴唇说“莫利”，这是他已故的姐姐的名字。真不知道他那点些微的意识怎么就能让她坚持天天来看他。可是，母亲那天看起来却是这些年来气色最好的一天。父亲床头柜上放了张框起来的照片，上面的母亲还很年轻，卷卷的头发，怀里拥着她刚出生的忧郁的儿子，那是一九三五年的时候在海滩上照的。母亲那天的气色虽然比不上照片当年的光景，可她确实不那么疲倦了，让人不用为她的健康状况担惊受怕。自从她四年前开始辛辛苦苦地照料父亲——四年里他从不让母亲从他视线中消失——她不再是那个活力四射、不屈不挠的母亲，他从那个母亲身上遗传了那生气勃勃、炯炯有神的眼睛（和稍有喜感的身形），但她现在更像是他的外婆，那个面容憔悴、沉默寡言、被人生打垮了的外婆，母亲的父亲是个专横的店主，外婆后来守了寡，变得如同幽灵一般。

他们到家以后，母亲就得躺在沙发上，头上敷着冷毛巾。

“妈，不过您看起来好多了。”

“现在去看他比以前要适应了。内森，我不想这么说，不过我开始觉得我恢复一些了。”他已经在疗养院待了大概十二个星期了。

“当然要适应些啊，”儿子说。“本来就该是这样的。”

“今天他状况不太好。让你看到他那个样子我觉得很难过。”

“没关系的。”

“可是他知道你是谁，我敢保证。”

祖克曼并不十分肯定，但是他开口道：“这我知道。”

“我只想让他知道你现在是多么的棒。让他知道你的所有成就。可他都那个样子了，乖，要是解释的话，那是真的得用千言万语了。”

“他不知道也没关系啊。能让他舒舒服服歇着是最好的事啦。”

她把毛巾往下拉了拉，盖住了眼睛。她开始流泪，不想让他看到。

“怎么了，妈？”

“对你我真的很放心。我从来没有告诉过你，我只是在心里自己说说，但是那天你坐飞机回来告诉我因你的书而即将要发生的一切，我想——嗯，我想你大概是要重重地跌一跤了。我想或许是因为你没有像爸爸那样总是在你身后支持的人——你自己也不知道该怎么走了。而且后来梅茨先生”——父亲表妹爱西的新一任丈夫——“他说这听起来有点像‘自大妄想症’。他说这个没有恶意，梅茨先生——他每星期都去看你爸，给他读周日报上的‘新闻评论’。他人很好，不过他觉得你那是‘自大妄想症’。然后爱西也加入了。她说你父亲一辈子都在犯‘自大妄想症’——这种现象在他们还是孩子的时候就表现出来了，他喜欢教训别人如何生活，喜欢插手跟他毫无关系的闲事。你听听，这就是爱西，长了那样一张大大咧咧的嘴。我对她说：‘爱西，别把你和维克托的事扯进来。他连把自己的意思清楚地表达出来都很困难了，我们是不是该适可而止啊。’可是，他们的话让我吓坏了，甜心。我想，有这种可能啊——他受他爸爸遗传啊。我本不该那么糊涂，被吓到的。我儿子可不是傻瓜。你现在成名之后的为人处事真是棒极了。邻居们问我：‘现在他的照片在报纸上随处可见，他感觉如何啊？’我就告诉他们你不是爱装腔作势的人，绝不是那种人。”

“可是，妈，您可决不能让他们把您跟卡诺夫斯基母亲之类的事情扯上关系啊。”

刹那间她像个孩子，他坐在她床边，这孩子在学校里被狠狠欺负了，哭着回了家，发起烧来。

她勇敢地笑了，拿开毛巾，现出那双闪亮亮的眼睛，说道：“我尽力。”

“不过挺难的。”

“有时候挺难的，亲爱的，我不得不承认。多亏了你，我可以对付报社的人。你肯定得为我骄傲。”

在她话的结尾，他默默地加了句“爸爸”。他知道她的爸爸，也知道他如何让她和姐妹们言听计从。先是盛气凌人的父亲，然后是同样盛气凌人、以岳父为大的丈夫。就他父母而言，祖克曼觉得他们是世界上最乖的儿女。

“哦，你要是听到我当时的话就好了，内森。我很讲礼节，这当然不必说，但是我完全不睬他们，完全照你说的办。但是要我对付那些我出门碰到的人，那就不一样了。他们对我说——就那样直言不讳，不加任何思索——‘我没想到你会疯成那样，塞尔玛。’我告诉他们我才没疯呢。我把你告诉我的话告诉他们：就是个故事而已，她只是书中的一个人物。然后他们说：‘如果不是真的，他为什么会写出那样一个故事呢？’他们都相信书里写的是真的，那我又能说什么呢？”

“保持沉默，妈。什么都别说。”

“不行啊，内森。如果你什么都不说，那一点儿也不管用。他们会认定他们猜对了。”

“那就告诉他们您的孩子是个疯子；告诉他们他脑子里想什么您可管不着；告诉他们您为他没有把故事编得更糟糕而感到庆幸；这也不是完全撒谎。妈妈，您知道的，您就是您自己，不是卡诺夫斯基太太，我也知道，您就是您自己，不是卡诺夫斯基太太。我和您都知道三十年前咱们的日子赛神仙哩。”

“哦，亲爱的，你真的这么想？”

“那是当然。”

“可你书上写的可不是这样。我是说，读了它的人可不这么认为。即使没读过的人也不这么觉得。”

“别在乎别人怎么想，在乎得越少越好。”

“游泳池边，我不在的时候，他们说你不会再跟我有什么联系了。你信吗？他们这样对爱西说的。有人说你不会跟我有任何关系，有人说我不会再跟你有什么瓜葛，剩下的人说靠你寄给我的钱我正享清福呢。他们说我的大款儿子为了孝敬我给我买了辆凯迪拉克。你听了有什么感觉？爱西告诉他们我都不会开车，即使这样也堵不住他们的嘴。说凯迪拉克还配了个黑人司机。”

“下回他们就该说那个司机是您的情人了。”

“如果告诉我他们已经这么传了我一点都不会觉得惊讶。他们什么都说。每天都有新版本。有些我都甚至不愿在此重复。感谢上帝让你爸听不到这些。”

“也许爱西不该把别人的话传给您。如果您不想听，我告诉她一声。”

“我们犹太社区中心给你的书开了个讨论会。”

“是吗？”

“亲爱的，爱西说，这早就成了大家议论的焦点了，现在全国上下每个犹太人的婚礼上，还有犹太男孩成人礼上，联谊会上，女子俱乐部里，姊妹交流会上，还有闭幕午宴上，都在议论。其他地方的具体情况我不清楚，不过咱们中心讨论到最后就变成讨论你本人。爱西和梅茨先生去了。我觉得我还是待在家里做自己的事情比较好，就没有去。有个叫波斯纳的人做了个讲座，接着是讨论。你认识他吗，内森？爱西说这小伙子年纪跟你差不多大。”

“我不认识他，不。”

“后来爱西走上前去把他大骂了一顿。你也知道爱西那个人，她要是出马的话……你爸一辈子快被她逼疯了，不过她可是最护着你的人了。当然啦，她这辈子没读过一本书，可是这对她来说也不成问题。她说你跟她很像，你写到她和蜜玛 · 察雅的愿望的时候，你们的想法更是如出一辙。你心里想什么就说什么，其他人的想法都见鬼去。”

“我和爱西是那样的，妈妈。”

她笑了。“你总是喜欢开玩笑。”这玩笑是否宽慰了她心头的负荷就是另一回事儿了。“内森，梅茨先生的女儿上周过来看他，她真是个可人儿。她在费城教书，美得跟画出来的一样，她很贴心地把我叫到一边，告诉我不要听那些人嚼舌，她和她丈夫都觉得书写得棒极了。她丈夫是个律师。她告诉我说你是现今在世的最重要的作家之一，不仅仅是在美国，是在全世界范围内。你觉得呢？”

“听起来不错。”

“哦，我爱你，亲爱的。真是我的好孩子啊。你做什么都是对的。我只求你爸爸能快好起来，享受你的盛名。”

“说不定会让他伤心呢，您可知道。”

“他一向维护你，历来如此。”

“如果真是这样的话，那他也挺不容易的。”

“可他还是一直在维护你。”

“好吧。”

“你开始写的时候，你写的某些东西让他挺不高兴的——涉及悉尼叔叔和他的朋友的内容。他一下子习惯不了，所以有些事情做得不对。我从不敢跟他提起这事，否则他会砍了我的脑袋，但是这事我敢跟你讲：你爸爸是个实干家，他活着总觉得自己肩负着某种使命，这也是大家爱他、尊重他的原因，可是有时候，我了解的，在他兴冲冲地要做好事的时候，却反而阴差阳错地做了错事。不过，不管你是否意识到，是你让他明白的。这是事实。你不在的时候，他重复着你说过的话，尽管他和你见面时有时会生气，会和你吵架。他自个儿习惯这样了。只不过因为他是你爸。可在外人面前，他就是你身后那堵墙，直到他病倒。”他听得出她的声音又一次哽咽了。“当然你知道，我也知道，他坐进轮椅之后就很不幸地变了个人。”

“怎么了，妈？”

“哦，就是这些年的事一下子全涌上了心头。”

“你是说劳拉？”他最终还是告诉了她——在离开班克街几周以后——他和劳拉分手了。他一直等到母亲从突如其来的悲痛中缓过来后才告诉她，想到自己的丈夫被送进疗养院，可能永远都不会再回来跟她一起生活，这对她来说打击可不小。一件事一来，他这么想，虽然当这件事说出来时对她来说还是万事俱袭。当然啦，万幸的是他父亲无论如何都不会得知这件事了；他们所有人，包括劳拉在内，都觉得他没必要知道，特别是考虑到在过去，每次祖克曼离开他的妻子，他父亲总是忧心忡忡、痛苦不堪、伤心不已，然后变得垂头丧气，半夜里拿起电话替儿子向“可怜的姑娘”致歉。因为这些电话，他们的争执可谓惨烈，就好比回到了他青少年的时候。

“你确定她还好吧？”他母亲问道。

“她挺好的，她有工作要操心，您没必要担心劳拉。”

“那你要离婚了，内森？又要离了？”

“妈，真的很对不起，我弄了这么糟糕的婚恋史。心情不好的时候我也会自责，觉得自己不是个好男人。但是我天生不会一辈子只和一个女人长相厮守。我没兴趣了，我必走无疑。估计我天生就是要换来换去——每五年找个可爱的新欢。就那么想吧。她们都很棒，很漂亮，也很爱我，您知道的。我至少也有这么个优点，我只把最好的带回家。”

“我可从没说过你有不良婚恋记录——哦，亲爱的，可不是我说的，绝不说，绝不，再过一百万年也不说。你是我儿子，无论你做出什么决定都是对的。你想怎么过都是对的，只要你清楚自己在干什么就好。”

“我清楚。”

“只要你清楚，那就是对的。”

“它是对的。”

“既然如此，那么我们都支持。我们从一开始就支持你。就像你爸爸常说的那样，不团结还能叫家吗？”

很明显，这事情不该问他。

亲爱的祖克曼先生：

七年前，我十三岁的时候，我读了第一本黄书。后来动了真格（七年里和同一个人），这种色情的（也是激发情感的）东西也就不太读了。去年冬天，那段感情了结了，我又重新开始读黄书，无非是为了忘却，为了记忆，为了逃避。有一段时间心情很是沉重，于是拿您的书来消遣。现在我觉得自己好像恋爱了一样。嗯，可能并不是爱，而是某种强烈的感情。祖克曼先生（斗胆叫您内森好吗？），您着实提振了我的情感——同时也让我的词汇量突飞猛进。算我疯了吧（我的朋友们称我是疯子茱莉亚），叫我文学追星族也行，可您确实打动了我。您就像我的心理医生一样——而且每次治疗才八点九五美元。眼下，人们相互交流时用得很多的是诸如悲伤、愧疚、憎恨等词语，而我觉得我要对您，对您的睿智，对您的巧思以及您所代表的一切表达我的感激、钦佩和爱慕之情。

哦，是的，还有最后一个促使我给您写信的原因。您愿意一时兴起，陪同我去欧洲吗？譬如说在学校放假期间？我对瑞士挺熟的（我在最大的瑞士银行有个秘密户头），而且很乐意带您去体验瑞士一些不可思议的动人经历。我们可以去参访托马斯·曼的晚年故居。他的遗孀和儿子还住在那儿，是在苏黎世州一个名叫吉锡贝格的镇上。我们可以去参观著名的巧克力工厂，一流的瑞士金融机构，去参观雪山、湖泊和那个让夏洛克·福尔摩斯丧命的瀑布——我还用再多说吗？

不是很痴狂的茱莉亚

户头　776043

亲爱的茱莉亚:

我也不是很痴狂，于是不得不拒绝你的邀请。我确定你完全无害人之心，可是这是个奇怪的时代，或许在瑞士不是这样，但在美国的确如此。你听上去是如此友好而真挚，更别提顽皮和富有了，故而本人多么希望能对你比较友好。可是恐怕你得在没有我的陪伴下参观巧克力工厂了。

你的，

内森·祖克曼

银行信托公司　4863589

亲爱的内森:

对我的不辞而别我深感难过，可是当命运换马时，骑手焉能奈何。

这是封实实在在的信，来自一个他认识的人。信的署名是“C”。他从废纸篓里捡出信封。是几天前从哈瓦那寄来的。

亲爱的内森:

对我的不辞而别我深感难过，可是当命运换马时，骑手焉能奈何。于是我来到了我现在待的地方。玛丽以前一直希望我们能见面，我也一直觉得我认识你的那一刻——无论多么短暂——让我的一生变得丰满。

模糊的回忆，除了回忆一无所有。

C

“模糊的回忆，除了回忆一无所有”，这是叶芝的诗；“当命运换马”，这是拜伦的诗。另外，他毫不客气地想，这看上去像是写了可以寄给很多人的通函。就连那个亲昵无比的“C”也不像是真心实意的。“C”指的是西泽拉·奥谢，她拥有荧屏上最轻柔、最悦耳的嗓音，她那脉脉含情的气息如此忧郁而性感，以至于一个华纳兄弟的智者将票房奇迹归功于“她身上汇聚着的整个民族的悲情，和一对迷人的乳房”。两周前，西泽拉离开位于康涅马拉[1]的家来到纽约，她的经纪人在电话里邀请祖克曼与西泽拉共进晚餐。又一件因《卡诺夫斯基》而得的礼物。她指名道姓邀请了他。

“宴会上的人你也都认识，”安德烈说。

“而且你应该认识西泽拉，”玛丽告诉他。“早就该认识了。”

“为什么？”祖克曼问道。

“哦，内森，”玛丽说，“可别因为她是大众性感偶像就嗤之以鼻。您也是啊，或许您没有听说而已。”

1　爱尔兰西部地区。

“别被美女吓坏了，”安德森说，“或者是媒体。每个人都有发狠或害羞的时候，她没什么可怕的。她为人十分谦逊，温文尔雅，冰雪聪明。她在爱尔兰时，白天烹饪、园艺，晚上坐在炉旁读书。在纽约的时候，她喜欢去公园散步或者出去看场电影。”

“她遇人不淑，”玛丽说，“那些男人真该杀。好好听我说说你和女人之间的事，内森，因为你跟她一样婚恋不幸。我看着你错配三次了。你娶了该死的跳舞小妖精，你动动小指头就能弄死她；你又娶了神经质的交际花，她背叛了她的阶级；据我所知，你的最后一任简直就是个名副其实的大众圣人。说实话，我都不知道你是怎么挑中那位院长嬷嬷的。在你心里也有些院长嬷嬷的特质吧，不是吗？或许这就是你要的效果。避着犹太佬，比清教徒长老还要不犹太。”

“我怎么一下子就被你看穿了。真是糊弄不了玛丽啊。”

“我觉得你也骗不了你自己。看在上帝的分上，别那么讨人厌地附庸风雅，对这些寻欢作乐的沦落人求全责备。书出版了之后情况怎样？你已经脱下了狗屁学究的外衣——现在尽情享受一个人真正的生活吧。这一回就找一个名副其实的女人吧。你难道真的不知道你从西泽拉·奥谢那里会得到什么吗？除了这世间最美的肉身之外你还能得到什么你知道吗？是尊严，内森。勇气。力量。诗意。天哪，你得到了爱尔兰的精华啊！”

“玛丽，我也读了电影杂志。听起来就好像她的祖父挖泥炭给抹大拉的马利亚[1]的茅屋取暖。相形之下，我不是要让她大失所望了。”

“内森，”安德烈说，“我向你保证，她像你一样不自信。”

“谁又不是呢，”祖克曼答道，“除了玛丽和穆罕穆德·阿里？”

“他是说，”玛丽说，“在她面前你完全可以做你自己。”

“我不知道我自己算是怎样的人。”

“你会临场发挥的，”安德烈向他保证。

她的礼服精美绝伦，装饰着焰火红的面纱、彩绘的木珠子和凤头鹦鹉的羽毛；她把秀发编成一条粗粗的黑辫子，垂在背后；她的双眸独具风韵。晚宴上，她吃着黑线鳕慕斯，把一小块掉在了地板上，这使得他敢于直视那双久负盛名的爱尔兰美眸，话也说得言之有物了。可是当他明白了可能是她故意把食物掉在地上，好让他有话可说时，他又不那么自在了。每当他把视线转向她时，他的眼前就浮现出众多电影中的那张面孔。

1 抹大拉的马利亚，耶稣最著名的门徒之一，女子，在很多基督教传统中被认为是个圣人。挖泥炭，晒干之后用做燃料取暖是爱尔兰的传统。

躲开其他客人，躲开两人的名字卡片被强行放在一处那种莫须有的亲密，直到晚宴结束他们才有机会私下交谈。只持续了五分钟，但双方都激情似火。他们都读了艾尔曼撰写的乔伊斯传记，从声音里听得出，他们之前从未向其他人透露过他们对此书所怀有的深深喜爱；他们压低的耳语让人觉得做此事犹如犯罪。祖克曼透露说自己曾在耶鲁遇到过艾尔曼教授。他们实际上在纽约的一次文学颁奖典礼上遇到过，当时两人都得了奖，考虑到他已经如此努力想要给她留下好印象，他倒不愿太过张扬了。

讲遇见艾尔曼，这招还真管用。恐怕遇见乔伊斯本人都不会效果更好。祖克曼的鬓角被汗水沾湿了，西泽拉双手按着胸，情绪激动。就在那时他问是否可以随后送她回家。她喃喃地说，好的，说了两次，声音迷蒙，然后她掩着纱巾款款穿过房间——她不想表现得像忘了其他客人，可那些人其实早就被她抛在九霄云外了。她就是这么说的。

这女人不自信？事实可能刚好相反。

在街上，祖克曼向一辆还在下一个路口的出租车招了招手，一辆豪华小轿车在他们身旁停了下来。“坐这辆车送我回家？”西泽拉问。

在后座上，西泽拉蜷在他身边，她解释说无论白天黑夜，她都可以从爱尔兰打电话过来给玛丽，玛丽帮她打气，告诉她该恨谁，该骂谁。他告诉她，这项服务他在纽约也常享受。她告诉他谢维茨夫妇为她的三个孩子所做的一切；他告诉她，自己几乎死于急性阑尾炎之后如何在他们南安普敦的客房里慢慢痊愈。他知道这听起来就像是自己跟随拜伦为了希腊独立而斗争，身受重伤，并差点为这伤丢了性命，可是，和西泽拉·奥谢坐在豪车的天鹅绒后座上聊天，你说起话来就会跟坐在豪车的天鹅绒后座上的西泽拉·奥谢很像。得了阑尾炎，犹如一场激情洋溢而又充满诗意的戏剧。他听见自己说对南安普敦沙滩上"斜射的日光"分外敏感，那是他在康复期间早上散步时体会到的。他们不停地聊着那斜射的日光，直到他们突然聊到报纸上的一篇文章，说他书上的某一幕使得纽约时尚百货商场的黑色绸子内衣销量增加了百分之五十。

你会临场发挥的，安德烈说过这样的话。这便是他临场想到的：斜射的日光和我的手术。

他问她，假设真有这么个人的话，她的名字是继承了谁的。谁先叫了西泽拉这个名字？

她用无比温柔的嗓音告诉他："……一位希伯来妇女，诺亚的侄女。为了躲离那场灭世洪水，她来到了爱尔兰避难。我的人民，"她说，她那玉手摸着她雪白的喉部，"最先安葬在那儿。爱尔兰的第一批鬼魂。"

"你相信鬼魂？"这么问不好吗？还有什么好问的吗？如果尼克松

要开采海防市港的矿藏，反战运动会作何反应呢？难道你跟劳拉还没闹够？不妨看看她吧。

“还是说鬼神相信我比较好，”她回答。

“我理解它们为什么会相信你，”祖克曼说。这么说不好吗？好玩罢了。一个男人就该这么活着。

尽管如此，目前他还不想把她拥在怀里，在车后座上看着她少女般蜷在身旁，对他柔情万种，毫无心机又让人迷醉地巧言恭维，他不曾产生这种想法；当她尊贵地立在皮埃尔酒店的门口时他也不曾有过这种想法。那时的她跟他差不多高，脑后甩着黑色的辫子，戴着沉甸甸的金耳环，身上穿的礼服配着纱巾、珠子和羽毛。那样子就像一位接受供奉的异教女神，就如同他在大学里看到的她某部电影中的形象。要是坐进车里的时候，他没有发现一本《卡诺夫斯基》就放在司机旁边的座位上的话，他已经搂住西泽拉了。奥谢小姐在参加宴席时，留着小胡髭的年轻人一定在此读书，以消磨时光。“微笑杰克”[1]很时髦，身着正装，戴着墨镜，全神贯注地看着祖克曼的书。不，他可不想为了逗追星族而模仿自己那欲求无度的主人公。

1 微笑杰克（Smilin’ Jack）是美国从二十世纪三十年代起刊载了近四十年的漫画，主人公是一个留着胡髭的飞行员。

酒店门廊的灯光下，“微笑杰克”坐在车前斜眼望向一边，祖克曼决定只握握她的手。小说是虚构的，这一点上，不能把司机弄糊涂了。否则，他怎么参加汽车间的文学研讨会呢？

祖克曼真切地感知到玛丽说他是所谓的酸秀才真正指的是什么了。“从你所经历的一切，”他听见自己对西泽拉说，“你一定对男人产生了些许怀疑。”

她用另外一只手把她的丝质披肩拉到喉部。“恰恰相反，”她向他保证，“我喜欢男人。我都想变成一个男人。”

“这个对你不太可能吧！”

“如果我是男人，我就能保护住我母亲了。我就能在父亲面前保护她。他喝烈酒，打我母亲。”

不知道出于什么缘由，祖克曼觉得自己只能回答说：“晚安，西泽拉。”他轻轻吻了她。看着他脸前的那张面庞，让人恍惚，他好像吻了个广告牌。

他看着她消失在酒店里。他要是卡诺夫斯基该多好啊！事实上，他要回家把这些写下来。西泽拉是没了，但他有了一堆笔记啊。

“等等……”他喊道，追着她冲进大厅。

她转过身来，面带微笑。“我以为你急着跑去见艾尔曼教授呢。”

“我有个提议。我们还是不要再闲扯了，我们最好还是来杯睡前饮料？”

“你的两个提议都挺好的。”

“我们去哪儿喝呢？”

“为什么不到作家常去的地方？”

“纽约公共图书馆？这么晚了？”

现在她和他近在咫尺，靠在他的胳膊上，一起回头朝门口走去，车还在那里等着。司机比祖克曼更了解祖克曼自己。或者说他更了解奥谢小姐的魅惑力。

“不，”她说，“作家都愿意去的地方在第二大街上。”

“伊莱恩？哦，我带你去伊莱恩可不太合适。我跟我妻子一起去过，”——有天晚上他和劳拉曾去那里吃晚餐，去看看那里是什么样——“我们的座位离盥洗室近得不能再近，就差没有坐到湿毛巾柜上去了。你最好等塞林格来这里时跟他一起去。”

“内森，除了在摩洛哥城俱乐部，你不会在其他地方看到塞林格的。”

门口很多人成双成对等着进去，客人们在酒吧门口排了四行队伍等待空桌，但这一次经理的手臂一挥，祖克曼他们就入座了，他们的桌子离盥洗室如此之远，以至于万一他真的内急，那他就处于极不利的境地了。

“你今天真是吉星高照啊，”西泽拉低声耳语道。

这时每个人都在看她，而她假装他们还单独在车里聊着天。“外面街上这么多人在排队。你还以为这是个萨德笔下的妓院，”她说，“而不仅仅是个惹是生非的地方。我真讨厌这种地方。”

“真的吗？那我们为什么要来这里呢？”

“我觉得看着你也恨它很有趣。”

“恨这个？对我来说，这可算是良辰美景。”

“从你咬牙切齿中我看得出来。”

“和你坐在这里，”祖克曼告诉她说，“我可以感觉到自己的面庞实际上已经模糊不清了。就像一张两车迎头相撞的新闻图片，我就是那离焦的路标。无论你走到哪儿，都会这样吗？”

“不，不会在雨中的康涅马拉发生。”

虽然他们没有点，一名服务生却拿着香槟过来了。这瓶香槟来自一位笑眯眯的绅士，他坐在角落里的一张桌子旁。

“给你的？”祖克曼问西泽拉，“还是给我的？”他边问边从椅子上半站起身，以感谢此人的慷慨。

“不管是给你还是给我，”西泽拉说，“你最好过去一下——如果你不去，他们可能就找你茬了。”

祖克曼穿过一张张餐桌，去和他握手：一位兴高采烈的先生把身旁一位女士介绍给了他，说那是他的妻子。他敦实粗壮，被晒成了棕褐色，他的夫人也被晒成了那样。

“您真客气，”祖克曼说。

“您别见外。我就是想告诉您，您对奥谢小姐所做的工作真太棒了。”

“谢谢。”

“仅就以这身装扮出现，整个房间便都由她掌控了。她仪态万方。风韵不减当年。红粉悲剧皇后，经历这样的风风雨雨。您干得不错啊！”

“谁的？”祖克曼回来的时候西泽拉问道。

“你的。”

“你们说了什么？”

“我为你所做的了不起的事。可能把我当成了你的美容师或者你的经纪人。”

服务生打开香槟，他们举起酒杯向角落里的那桌人致敬。“现在告诉我，内森，除了你自己之外，还有其他什么名人没有？那位名人是谁？”

他知道她认识那个人——地球人都认识——可是他们还不如以此调笑解闷，否则他们为什么要来这儿呢？还不如去公共图书馆。

“那位，”他说道，“是个小说家。出版界的流氓。”

“那个和他一起喝酒的人呢？”

“是个铁骨铮铮的记者，不过心挺软的。那个小说家的忠诚追随者，名叫‘陈词滥调先生’。”

“哦，我早就知道，”西泽拉说，声音很是雀跃，“我就知道，祖克曼不仅有优雅的举止和一尘不染的皮鞋，一定还有别的特质。继续讲。”

“那位是个电影导演，是个笨蛋们拥护的知识分子。那个天真无邪的女孩是他电影的主角，是知识分子们热爱的笨蛋。那位是个编辑，是位受到非犹太人推崇的犹太人；还有那个色眯眯地看着你的人是纽约市市长，他是犹太人爱戴的非犹太人。”

“我最好告诉你，”西泽拉说，“怕他大吵大闹时弄得你措手不及，坐在他背后那张桌子上正在偷窥你的那个人，是我最后一个孩子的父亲。”

“真的吗？”

“我一看见他就倒胃口。”

“为什么？他是怎么看着你的？”

“他没看我。他是不会看我的。我曾是他的‘女人’。我把我自己交给了他，他因此绝不可能原谅我。他不仅是个魔鬼，也同样是个了不起的道德家。有个圣人般的农民母亲，她为自己的苦难而对耶稣感激不尽。我为他怀了孩子，但绝不让他认我的孩子。他在产房外面和一个律师一起候着。他手持文件，要求孩子继承他们家族荣耀的姓氏。我倒更愿意把孩子勒死在婴儿床上。他们不得不报警，制止他在那里大喊大叫，把他赶了出去。《洛杉矶时报》都报道了。”

“他戴着墨镜，一身银行家的行头，我没认出他来。一副拉丁派头。”

她更正道：“是拉丁垃圾。一个狡诈的拉丁疯子和骗子。”

“你怎么认识他的？”

“我怎么认识这些狡诈的疯子和骗子的？我一直会跟这些男子汉们一起拍电影，如此而已。我一个人在拍摄点，在一家阴森恐怖的旅馆，那种连他们语言都不会讲的诡异地方——那一次从我的窗口可以看到两个垃圾箱，还有三只老鼠在到处爬。接着下雨了，有可能一连几天都没有你的戏份，而如果他想迷住你，让你过得开心点，如果你不想一天十六个小时都待在房里坐着看书，如果你想在这样吓人偏远的旅馆里找个人陪你吃饭……”

“你本可以不生那个孩子。”

“我本可以的。到现在为止，我本可以不生这三个孩子的。可是我没法不要孩子。我从小到大的教育让我没法不要孩子。要么为人母，要么去当修女。爱尔兰姑娘其实都没法过我这样的生活。”

“全世界都觉得你生活得不错。”

“大家也是这么看你的。名声这家伙可是很粗暴的，内森。你得比我更蛮横无理，才能对付得了它。为了这个，你必须做个奸诈的大疯子才行啊。”

“自己的脸出现在那么多海报上，你从没开心过吗？”

“我二十岁的时候确实开心的。你肯定想不到，二十岁时就只在镜子前站一站都能让我高兴成什么样子。我以前曾经看着自己，觉得有人拥有这么美的容颜真是难以置信。”

“现在呢？”

“我对自己的容貌有点厌倦了。我对我的容貌给男人的感觉也有点厌倦了。”

“怎么了？”

“嗯，它让别人就像这样不断问我问题，不是吗？他们把我视为一件圣物。谁都吓坏了，不敢碰我了。甚至《卡诺夫斯基》的作者也这么想呢。”

“可是，就因为你是个圣物，那一定有人迫不及待地想碰你。”

“这倒是不假。我的孩子就是他们的后代。他们先是和你的形象共眠，然后，他们就要和你的化妆师共眠。他们一旦明白你心中的那个自我和世界眼中的不符，那就要让这些可怜的家伙大失所望了。我完全理解。当她还是个十九岁的新星，第一部电影青涩感人，跪在地上被你夺去处子之身，你自然兴奋，可当她已经三十五岁了，还是三个孩子的母亲时又会如何呢？哦，事实是我已经不再天真幼稚了。这些事情在二十岁的时候着实让人兴奋，可是现在我完全兴奋不起来了。你呢？我曾前程似锦，现在恐怕到头了。我甚至不再喜欢看到这些卑鄙的荒唐了。来这里不是什么好主意。是我的坏主意。我们该走了。除非你玩得正开心。"

"哦，我已经开心够了。"

"在我们走之前，我该跟我孩子的父亲打个招呼。难道不应该吗？"

"我可不知道这种事该怎么办。"

"你觉得是不是所有客人都在等着看我是否敢这么做？"

"我猜这种事是其中一部分人会熬夜守候的。"

他眼中的她在谢维茨家时是那么自信横溢，而此时那自信几乎已荡然无存；她看上去犹犹豫豫的，还比不上人行道上那些年轻模特，她们正和男友们等着进来瞥一眼西泽拉·奥谢这样的名流。不过最后她还是起身穿过餐厅，去和她孩子的父亲打声招呼，而祖克曼仍然待在后面，啜饮着本来给她的理发师喝的香槟。他对她的这一举动肃然起敬。在这么多来看明星的人注视下，她着实取得了戏剧性的成功。他好喜欢这种酱油和炖肉的混合美味：不无自嘲的谄媚，根深蒂固的虚荣心，理智冷静的憎恨，游戏人生，勇敢顽强，不顾一切又机敏睿智。还有那让人无法招架的美。那魅惑。那双眸。是啊，足以让男人生气勃勃，并从此终生罔顾他的事业。

出来的路上他问："他怎么样？"

"很冷淡，很内向，也很客气。他回到了那种假正经上。要么就是这个场合他不知如何应对，要么就是他心中的冷酷使然。除此之外，在场的不只有现在跟着他的这个小情妇，还有杰西卡，我们拉德克利夫大学的圣女。她是一个受虐狂的女儿，那个受虐狂有幸在他手上拍了部电影。这个纯洁无知的孩子还不该知道父亲是个多么反常、可恶又怪异的货色！"

他们坐进豪车中，她在自己烟火红的纱巾里笔挺地坐着，向窗户外望去。

"你怎么就搅进这一堆事里了？"车开着时他问。"你不是说你要么做个母亲要么当个修女吗？"

"'这一堆事'指什么？"她犀利地问道。"娱乐圈？受虐狂？淫荡？我是怎么搅进这一堆事里了？你说这话，就像是个正和妓女厮混的嫖客。"

“又是一个反常、可恶又怪异的家伙！”

“哦，对不起，内森。”她一把抓住他的胳膊，就那样紧紧握着，仿佛他们一辈子都在一起似的。“哦，像所有天真无知的女孩那样，我一头陷了进去。在爱尔兰门剧院里出演安妮·弗兰克。那时我才十九岁。我把半个都柏林都演哭了。”

“我对此一无所知，”祖克曼说。

他们回到皮埃尔酒店。“你愿意上去吗？哦，你当然乐意啦，”西泽拉说。她知道自己富有魅力，所以丝毫没有表露出假惺惺的自谦，可是另一方面，她也没有狂妄自大：事实就是事实嘛。他跟着她走进大厅，他的形象又模糊了，而她却被离开酒店的人们频频注目。他想到西泽拉十九岁那年以迷人的安妮·弗兰克出道，想到那些像西泽拉这么迷人的影星的照片，安妮·弗兰克把那照片钉在阁楼小床旁边的墙上。安妮·弗兰克竟然以这样的形象来到他身边。他竟然在他代理人的家里与她见面，她穿着带纱巾、珠子和羽毛的礼服。他竟然把她带到伊莱恩餐厅，招摇过市。她竟然邀他上楼去她的顶层套间。是啊，他想，生活自有其轻浮戏谑的办法，来对付像祖克曼这样正经的家伙。你该做的无非就是等待，它会教导你什么是嘲讽的艺术。

一进入她的起居室，首先映入眼帘的是梳妆台上那一摞崭新的书；有三本出自他的手笔——平装本的《高等教育》、《百感交集》和

《反意》。书旁边是个花瓶，里面插着二十多枝黄玫瑰。他好奇是谁送了它们来；当她脱下披肩走进浴室时，他偷偷踅到梳妆台旁，读了读卡片。“谨以此赠我爱尔兰的玫瑰。爱，爱，爱。F”她再回到房间时，他正坐在高背安乐椅里，从那里可以越过公园远眺西中央公园大道上的塔楼，正匆匆翻阅椅子旁边那张桌子上摊开的一本书。偏偏是索伦·克尔恺郭尔的书，名为《一位女艺人的人生危机》。

“那什么是女艺人的人生危机？”他问。

她面露忧伤，跌入对面的长椅中。“慢慢变老。”

“是克尔恺郭尔说的，还是你说的？”

“都是。”她把手伸过来，祖克曼把书递了过去。她跳着翻看，想找到她想要的那一页。她读道：“‘当她’——女艺人——‘刚刚到了三十岁时，她基本上就已经过气了。’”

“那是在丹麦，或许是一八五〇年的时候。我要是你我就不把它当回事儿。你干吗要读这个啊？”

他想到这本书或许是“F”连同玫瑰一起送来的。

“为什么不呢？”西泽拉反问道。

“不知道。可能每个人都该读吧。你还在什么下面划了线？”

“每个人都会划线的地方，”她说。“所有提到‘我’的地方，都划了线。”

“我能看看吗？”他欠过身想把书拿回来。

“想喝点什么吗？”西泽拉问。

“不了，谢谢。我想看看这本书。”

“你可以从这里越过公园看到麦克·尼古拉斯住的地方，就是那个亮着灯的有三层楼的公寓。你认识他吗？”

“西泽拉，大家都认识麦克·尼古拉斯，”祖克曼说。“在这地方知道麦克·尼古拉斯可不是什么了不得的事。快点啦，让我看看那本书。我以前都没听说过。”

“你在取笑我，”她说。“你觉得我是为了让你留下好印象才把克尔恺郭尔的书放在这儿让你看到的，不过我还留了你的书让你留下好印象。”

“快啦快啦，让我看看什么东西让你这么感兴趣。”

最终她还是把书递了过去。“嗯，我想喝一杯。”她说着便起身为自己斟了杯酒，酒瓶就放在那束花附近。拉菲罗希尔古堡——也是“F”送的吗？“我看书的时候可没想到还会被批改打分呢。”

“‘而她，’”祖克曼高声朗读道，“‘作为一个女人，对自己的名字十分敏感——只是作为女人的敏感——她知道自己的名字常常挂在人们嘴边，就连他们用手绢擦嘴的时候也不例外！’你知道这个吗？”

“知道，不必说，没这个诱人的我都知道。”

“说说看。”

“没必要啊。有必要说说的就是，这可不是我母亲把我从都柏林带出来时她心里的想法，她为了让我拿到英国皇家戏剧艺术学校奖学金带我过来面试，那时我穿着带小圆领的衣服。”

电话响了，她却没有接。是“F”打来的吗？还是“G”或者“H”？

“‘她很清楚她是人们热衷的谈资，’”祖克曼读给她听，“‘连那些陷入无限悲哀中的人也会聊起她。她就这样过了一年又一年。这生活看起来挺辉煌；有价值的东西仿佛真的存在。然而，在更高的意义上，假如她得寄生于人们的仰慕之上，从丰富的滋养中获得鼓励，汲取力量与灵感，重新奋力而为——因为，如果没有人们的真挚赞誉，即使是天才之辈也有失望脆弱的时刻，而女性天才尤其如此——在这样的时候她才会真真切切地体会她曾经多次意识到的想法，那便是这一切都是多么得愚蠢可笑，对她这难以承受的光鲜心生妒意是个莫大的错误。’那些艰苦岁月啊，”祖克曼说，“那些备受崇拜的女人的艰苦岁月啊。”他又开始翻页了，找她其他标记的地方。

“我很乐意把书借给你，内森，当然也欢迎你坐在这儿继续把它读完。”

祖克曼笑了笑。“那你准备干什么呢？”

"做我常做的事。当我邀请一位先生来我房间，他坐下来看书，我就准备从窗口跳出去。"

"西泽拉，你的问题就出在你对书的品位上。如果你像其他女演员一样，周身放的是哈罗德·罗宾斯[1]的书，那么男士就更容易把注意力集中在你身上。"

"我原来想用我的头脑给你留下深刻印象，可结果呢你却对克尔恺郭尔的头脑印象深刻。"

"永远都有那样的危险，"他说。

这时电话铃又响了，她拿起听筒，接着又立马挂断了。然后她又拿起话筒，给酒店服务台打了过去。"中午之前请不要再往这里接电话了。……好的，我知道了。知道了。信息我收到了。求你了，如果你能按我说的办我感激不尽。所有信息都收到了，谢谢。"

"我是不是该走了？"祖克曼问。

"你想走了？"

"当然不想。"

"好吧，"她说，"我们刚才说哪儿了？哦，轮到你说了。一个作家

1 Harold Robbins（1916—1997），美国历史上最畅销的作家之一，笔下常见的主题是金钱、明星和性爱。

的人生危机是什么呢？他在处理与公众关系的时候，必须克服什么样的障碍呢？”

“首先，公众的冷漠；接着，假如他走运，公众的追捧。你们这一行就是要备受瞩目，我可受不了。我希望我的自我剖析展露与我本人之间，有着相当的距离。”

“玛丽说你甚至连门都不想出了。”

“告诉玛丽我以前也不常出门。你要知道，我从事这一行当，可不是想把大众搅得疯疯癫癫的。”

“那是为了啥呢？”

“我的出发点是什么？哦，我穿着圆领的小童装时也是个好孩子，对亚里士多德教给我的文学观深信不疑。悲剧通过把情感推向极致而耗尽人们的怜悯和恐惧，而喜剧则靠着把那些当了真就很荒谬的事情模仿出来而给观众一种轻松愉悦的心境。嗯，亚里士多德让我很失望。他对荒诞剧只字未提，而我正是这剧中的主角——这都是因文学而起。”

“哦，并非全然荒诞啊。你之所以会这么认为，是因为你太‘神经过敏’啦。”

“谁说的‘神经过敏’？又是玛丽？”

“不是，是我。我自己也有这个毛病。”

“穿成那样的时候？”

“穿成这样的时候。别被装扮误导。”

电话铃又响了。

“看来他绕过了你设的防卫，”祖克曼说着打开书来消磨时光，她则在接与不接间举棋不定。于是就有了蜕变，他读道。这位女艺人洋溢着女性的青春气息，虽然讲的并非此词的通常含义。通常所讲的青春气息，会随年华消逝；因为时间或许是满怀深情、细心体贴的，可时间也对一切有限的事物和生命一视同仁，牢牢攫住。可是在女艺人这里，她好像有种内在的天赋，恰恰与“女性的青春朝气”这种理念相吻合。这是一种理念，而理念是一种非同寻常的——

“读了我的小书，你是想说你自己一点也不像书里那个臭名昭著的角色吗？或者，”电话铃声一停止，她便问道，“是我还不够有吸引力？”

“恰恰相反，”祖克曼说。“你都不知道你的魅力有多大，你都不能想象我有多道德败坏。”

“那么把书借走，拿回家读吧。”

快四点了，他手拿克尔恺郭尔的书下楼，来到空无一人的大厅。他刚刚走出旋转门，便看到西泽拉的豪车停在酒店的前面。西泽拉的司机，先前一直在读《卡诺夫斯基》的那个家伙，这时透过摇下的车窗向他行了个礼。“祖克曼先生，要送您到哪儿吗？”

这也是吗？难道他接到吩咐一直等到四点？或者整晚都得等着？西泽拉把祖克曼叫醒的时候说：“我想我宁可独自一人迎接黎明。”“一早有人来刷墙？”“不。可那些洗漱、冲马桶的事情，我还没准备好。”美好的惊喜。这是第一次她让人隐约见到那个穿小圆领衣服的女孩。他不得不承认他已不能自拔。

“当然，”他对她的司机说。“载我回家吧。”

“上车吧。”但是他没有像奥谢小姐在时那样下车过来开门。嗯，祖克曼想，可能他把书看完了。

他们沿着麦迪逊大街缓缓行驶，祖克曼坐在柔软的后座上，借着灯光读着她的克尔恺郭尔……她知道自己的名字时常挂在人们的嘴边，就连他们用手绢擦嘴的时候也不例外！他不清楚这算不算是他对一个崭新女人的激动，对那一切未知的兴奋——以及对那一切魅惑的兴奋——他也不知道自己是不是仅用了八小时就坠入了爱河，可是他贪婪地读着这段话，仿佛这一段是写她的。他对自己的运气难以置信。不过这好像也不是一场不幸。“不，也不全是荒谬。如果这震动了你自己，那搅动了大众的心也没有什么不对。我就不会为自己走到这一步而自嘲。”祖克曼默默地对她说了上面的话，然后擦了擦嘴巴，稍微愣了一下。都是文学惹的祸，想想吧！他可不想把这些告诉利维斯博士[1]，但心里没有丝毫亵渎神圣的感觉。

他们抵达他家，司机拒绝了祖克曼给的十元小费。“不，不，Z先生，这是我的荣幸。”他从皮夹里掏了张名片，从窗口递了出来，“如果有任何能为您排忧解难的地方，先生。”祖克曼走到街灯下看名片，这时车子已经绝尘而去。只见名片上写着：

价目表（每小时）

豪车，司机配枪	27.50
豪车，司机不配枪，保镖配枪	32.50
豪车，司机和保镖配枪	36.00
额外增设配枪保镖	14.50

最少承办业务时间：5小时

接受主要信用卡支付

(212) 555-8830

整个后半夜他都在读她的书，第二天上午九点整，他打电话给酒店，被告知奥谢小姐正午之前不接听电话。他留下姓名，不知道在他

1 Leavis (1895—1978)，英国文学评论学家，其文艺理论强调文学作品的道德力量。

们两点钟见了面到公园散步之前他该如何应对自己的得意欢欣——她说见面散步就足以让她心满意足了。他无法再把《一位女艺人的人生危机》看一遍，也无心再看填充这本小书的那两篇剧评。他已经看了两遍了，第二遍是在早上六点钟，他还做了读书笔记。他没有一刻不在想她，但总比一天到晚听取别人对他的看法、言辞和评论要更好些——有一种东西叫做“自我餍足”。“你可以想见，”他进来时对着空无一物的书架说，“我在宴会上喝了酒，在伊莱恩饮了香槟，又和西泽拉上了床，我应该把功课推迟到上午，现在先休息一下。”可是，坐在书桌前拿着钢笔、便笺簿和书至少让他觉得不那么白痴，而躺在床上像她的其他粉丝一样反复念叨着她的名字也太傻了。这当然跟写书写了一整夜的感觉不一样；自从完成《卡诺夫斯基》的那最后几个星期以来，他就再没有感受过那种通宵工作的兴奋劲儿。他对下本书写什么也没什么新的想法。所有鲜活而新奇的想法宛如书卷被尘封在了那八十一个硬纸箱里。可是，至少他还会把精力集中在其他方面，使自己不至于陷入空虚的低潮之中。现在，他满脑子里只有她。

他打电话到皮埃尔酒店，却没有接通，于是他就不知所措了。打开那些有半吨重的书吧，好，就这样！班克街的留恋结束了！跟劳拉已经了结了！把尘封在箱子里的那些头脑解封吧！然后解封你自己的头脑!

不过他还有个更好的主意。安德烈的裁缝师!书就放着吧,先去买件西服!为我们的威尼斯之旅置备行装!在西普里亚尼酒店登记入住!(他离开的时候,西泽拉说世界上唯一一家能让她在早晨心满意足地醒来的酒店是西普里亚尼。)

他在钱夹里找到了安德烈裁缝的名片,他的衬衫定做商的名片,他红酒供应商的名片,还有捷豹汽车供应商的名片。那天安德烈敲定了《卡诺夫斯基》的电影版权,卖给了派拉蒙影业公司,让祖克曼一九六九年的收入超百万,大约比他这辈子以前任何一年多挣九十八万五千美元。就是那天在橡树小屋吃中饭的时候,这些卡片被隆重地摆在了他面前。祖克曼把安德烈给的卡片放入皮夹里,他在那天的前一晚上为安德烈准备了一张卡片,他拿出来递给了他——一张大的索引卡,他在上面打了行字,出自亨利·詹姆斯的一封信。*这一切与我所感、所见、所知以及希望所知的人生相去甚远。*可是他的经纪人既没有受到些许启迪也未被逗乐。"世界是你的啊,内森,不要藏在亨利·詹姆斯身后了。他自己就藏在那后面,这已经够糟糕的了。去见见怀特先生吧,告诉他是谁推荐你来的,要他给你量身定做,就像他当初打造洛克菲勒州长。别再把自己当做哈佛的乳臭小子了,你是要载入史册的,演好你的角色吧。"

嗯，那天在怀特先生店里——他等着西泽拉起床——他定了六套西装。如果你买一套就冒冷汗，为何不来六套？可是为什么要冒冷汗呢？他有钱。他现在唯一要做的就是等待召唤。

他穿哪一面？怀特先生问。要花好久才弄得明白这句话的含义，最后他发现自己真的不明其意。假如《卡诺夫斯基》表明了什么的话，那么可以说他这三十六年来比大多数人更加关注他生殖器的命运，可是，当他忙于非关情欲的日常事务时此物偏向何处，他却毫不知情。

“中间，真的。”他说。

“谢谢，先生，”怀特先生说，做了记录。

他要在新裤子的前襟上钉纽扣。在他记忆中，当他终于长到可以穿带拉链的裤子而对扣纽扣的裤子告别时，大人终于相信他使用拉链时不会再夹住自己了，那对于一个小男孩来说可是个非凡的日子。可是，怀特先生，这位言谈举止和穿衣打扮都无懈可击的英国绅士，询问祖克曼先生是否愿意改用纽扣时，祖克曼听出了话中的玄机，擦了擦脸答道：“哦，当然啦。”州长大人穿什么我就穿什么，他想。也可以学国务卿艾奇逊。他的照片和其他头面人物的像一起挂在怀特先生的带护墙的墙壁上。

量好尺寸，怀特先生和一个老助理帮祖克曼穿回夹克，脸上没有带出他的夹克如同破布之类的鄙夷。就连这助理都着正装，好似出席美国电话电报公司的董事会议。

就这样，这三个人转向储布仓库，仿佛进了饱蠹楼（牛津大学图书馆）的善本阅览室。他们挑选适合祖克曼先生在不同场合穿着的布料：待在城里和俱乐部时穿的；去乡下度周末时穿的；去看戏、看歌剧和赴宴时穿的。助理从架子上取下每一匹布料，让祖克曼用手指夹着布料感受质地。他们告诉他，在北美，考虑到极端的天气，最好备有十几套西服，以应对各种不测，可祖克曼坚持只需六套。他已经湿汗淋淋了。

接着挑选里衬。淡紫色里衬配灰色西装，金色里衬配棕褐色西装，有大胆花纹图案的里衬配乡村式斜纹西装……接着挑款式。是两件套还是三件套？双排扣还是单排扣？前面是两个扣子还是三个扣子？翻领要这么宽还是要这样宽？中间开衩还是侧面开衩？内兜——一个还是两个，要有多深？裤背兜——扣子是在左边还是在右边？先生，您要吊裤带吗？

在西普里亚尼入住到底该不该穿吊带裤？

他们又开始讨论裤子的款式了——怀特先生恭恭敬敬地陈述着自己的想法，想要在斜纹布的袖口开个不大不小的喇叭形口子——这时祖克曼突然意识到此时已到了正午。有个紧急电话，他说。“先生请便，”他们留下他独自一人，他置身团团布匹中，给皮埃尔酒店打了个电话。

可是她已经走了。退房了。有没有给祖克曼先生留言啊？没有。她有接到他留的信息吗？接到了。可是她去哪儿了？前台一无所知——不过祖克曼突然明白了。搬到安德烈和玛丽那里了！她离开酒店，是为了躲开那个她不愿搭理的追求者。她已经做出了决定，她选择了他！

他错了。得到她绣球的另有其人。

“内森，”玛丽·谢维茨说，“我整个上午都在找你。”

“我在裁缝店，玛丽，为各种场合置办行头。她不跟你们俩住一起，会去哪儿啊？”

“内森，你得明白——她是挥泪走的。我从没见她这么伤怀过。我见着都于心不忍。她说，‘内森·祖克曼是我这一年来遇到的最美好的事情。’”

“那她现在在哪里？她为什么要走？”

“她去墨西哥城了。她从那里飞往哈瓦那。我亲爱的内森，我真的什么都不知道。谁都不知道。这是世界上保守得最好的秘密。她只是跟我说了她对你深感内疚。”

“她告诉你什么了？”

“她早就有了恋情。从三月就开始了。和菲德尔·卡斯特罗，内森，你绝不能告诉任何人。她想和他做个了断，她知道这份恋情没有未来。她对这一切很懊悔。可是他是个从不允许别人说‘不’的人。”

“众所周知。”

“自从她到这里以后，他让他的驻联合国大使每隔五分钟就给她打电话。今天上午那位大使来到酒店，坚持要带她去用早餐。于是她给我打电话，说她要走了，这是被迫的。哦，内森，我也有责任。”

“不，玛丽。肯尼迪都奈何不了他，约翰逊也束手无策，尼克松也无计可施。你又能做什么呢？我又能做什么？”

“你们看上去真是登对。你看《邮报》了吗？”

“我一直没有出过试衣间。”

“嗯，刊登在伦纳德·莱昂斯的专栏上，报道了你俩一起去伊莱恩的事儿。”

那天晚些时候，他母亲打电话来，告诉他电视上也播了；事实上，她打电话过来是想确认他是否真的连招呼也不打就飞去了爱尔兰。

“我当然会打电话啊，”他向母亲保证道。

“这么说你们没去。”

“没有。”

“碧·沃斯刚才打电话跟我说，她在电视上也听到了。内森·祖克曼前往爱尔兰入住西泽拉·奥谢富丽堂皇的乡村庄园。是弗吉尼亚·格雷厄姆的节目。我都不知道你有这么个朋友。”

“她不是我的朋友，其实。”

“我也觉得不是。她年龄比你大多了。”

“她年龄不比我大很多，可这不是重点。”

“她真的比你大，亲爱的。我和你爸爸多年前就看过西泽拉·奥谢的表演，她那时演了个修女。”

“演的是见习修女，那时她还是个小孩儿。”

“报社从没把她当个小孩儿报道过。”

“嗯，可能吧。”

“可是，一切都还好吗？你身体怎么样？”

“我很好。爸爸怎么样？”

“他有点起色。我可不是为了安慰我自己才这么说的。梅茨先生每个下午都给他读《纽约时报》。他说爸爸好像完全听得懂。他都能看出来爸爸听到尼克松名字的时候有多生气。”

“嗯，真棒，不是吗？”

“可是你不声不响地走——我告诉碧这不可能。内森绝不可能不跟我吱一声就跑那么远的，否则他爸有事我找谁呢？当然，上帝保佑他爸没事。”

"没错。"

"那为什么弗吉尼亚·格雷厄姆要那么说呢？还在电视上说？"

"有人肯定向她谎报军情，妈。"

"真的？可这是为什么呢？"

亲爱的祖克曼先生：

这些年我一直有个想法，就是拍摄一系列名为"某某生活中的一天"的半小时电视节目（彩色）。其形式无非是古代希腊悲剧的翻版，就是对一位名人一天活动的不间断叙述，为观众提供独家视角，展现观众在一般情况下无法遇到或相识的人。我的公司名叫闻名制作公司，资金充裕，已经准备好开机仪式了。简而言之，我们需要拍某位名人一整天的活动，从早餐到晚上就寝，这位名人要能激起亿万观众的兴致。为了让节目中没有无聊的镜头，我们将对每个人平均进行为期四天的实拍。

我锁定了您作为我们节目中出现的首位名人，因为我都能想象得出您的一天有多么有趣。当然啦，您和您的"幕后"生活得到了广泛关注也是原因之一。我想，大家通过观看您工作和休闲的实景，定能获益多多。我料想这样一部片子将一定会促进您的事业——当然，还有我的。

请告诉我您的想法，假如您同意，我就派一两位记者开始前期研究。

谨启，忠诚的

盖瑞·怀曼

总裁

亲爱的怀曼先生:

我想您低估了您的拍摄时间，如果想让我的“生活中的一天”里没有无聊的镜头你得拍上无数天，无数周，无数年啊。真实反映我的“幕后生活”，很可能让亿万观众酣然而睡，绝不能让您的事业有何起色，反而会让它一败涂地，永无翻身之日。最好还是另找他人吧。至为抱歉。

谨启，忠诚的

内森·祖克曼

亲爱的祖克曼先生:

我写了一部约五万字的短小说。写的是校园罗曼史，里面有露骨的性描写，不过挺幽默的，也有其他有趣的情节，情节不落俗套。就像您最近出版的那本书一样，性是情节不可或缺的部分，也是精华所在。

我打算把它寄给花花公子出版社，可是又打了退堂鼓，因为这可能会引起不良反应。我和妻子离休在家，住在坦帕的退休村里，生活很是幸福。如果我的书大获成功，这儿的人发现了我是书的作者，那么我们马上便会失去朋友，也可能要变卖房产移居别地。

我不能对它无所作为，那些喜欢露骨性描写或者只要有其他有价值的东西在，就不排斥性描写的读者读了它一定会大感愉悦。您是位功成名就的作家，所以，正如您所为，定能出版那样的书，而不担心什么负面影响。

望您告知我是否可以把手稿和我的有效地址寄给您。然后，如果您喜欢，您或许会希望从我这里径直购得它，作为一项投资，然后将它以他人名义予以发表。

谨启，忠诚的

哈利·尼克尔森

电话响了。

“好吧，”祖克曼咆哮道，“你是谁？你，尼克尔森？”

“目前我们只要区区五万块，因为我们还没真的动手。绑架真是劳民伤财。要计划，要构思，还要训练极其有素的队伍。我们真动起手来，五万可捞不回成本。我要是不想赔本，像这样的绑架我至少向你要三十万。像这样的绑架，举国关注，我们背负着巨大的风险，所有参与者都得给予适当补偿，更别提设备花销，也不要说时间耗费了。不过，如果你要我们启动，我们马上开始。你再敢挂电话，就可以瞧瞧我们行动有多迅速。我手下的人早就整装待发了。”

“在哪里整装待发，蠢货？”电话里的人为了掩盖自己的声音，装出来的语音语调活像那些被捶晕的拳击手。祖克曼就听着这样的声音在威胁要绑架自己的母亲。“听着，”祖克曼说，“这已经不有趣了。”

“我要五万块钱现金。否则我们就要大动干戈了，到时候你至少要出三十万，更别说你们家老太太身心受苦了。有点良心吧，祖克。难道那本书给她带来的灾难还不够吗？别再火上浇油了。不要让她后悔生了你，宝贝儿。”

“听着，这是你第三次打过来了，目前为止这已经成了个令人作呕胡言乱语精神错乱的小笑话……”

“哦，别跟我提什么令人作呕的笑话！你敢骂我，你个混蛋书生！你个骗子！看看你对你家都干了什么，你个没良心的野种——还披着高雅艺术的皮！我平日里比你强多了，不止强一百倍，你个大便脸。认识我的人都知道我是什么人。我恨暴力。恨痛苦。这个国家天天发生的事让我难过。罗伯特·肯尼迪是个了不起的领袖！那个疯狂的阿拉伯杂种把他毙了，要不然的话他肯定能扭转乾坤！不过别人对我评价如何跟你没啥关系。天知道，我不必向你这样的骗子证明我是个好人。现在我们在正儿八经地谈钱，不比你在电话上跟会计谈的那些恶心多少。你赚了五万块钱，我想得到它。就这么简单。我都不知道以你那个经济地位，作为一个儿子，拿出五万块钱来让你妈少受点委屈，为啥还会犹豫不决！想想要是换成癌症，你还会觉得这是个令人作呕的笑话吗？你还会宁肯让她受苦也不愿花点小钱？天啊，你马上就会因为续书再赚上几百万了。你一年要挣多少才够？世人还都以为你是纯洁无比，连接过出租车司机找回零钱时都要捂住鼻子。你个骗子，你个伪君子！我夺不走你的天赋，但是，你要明白，在剥削他人这一点上，你可不清白，所以别在我跟前装大头蒜！因为，如果那是我妈，那么我告诉你吧，根本就没什么好讨价还价的。我一定立马照办。可是，我一开始就绝不会让她牵扯进来的。我可没这个本事。我可没有你那个本事剥削家人，让他们遗为笑柄。我可没那个本领！”

“所以你就选择干这个，”祖克曼说，一边想着对策。约瑟夫·康拉德会怎么做？列夫·托尔斯泰又会怎样？安东·契诃夫又怎样？他还在学校里刚刚开始写作的时候，作为一个年轻作家，他常常这么想事情。可是现在这个法子可不怎么奏效。这事恐怕最好问问阿尔·卡彭[1]。

“没错，”他听到电话里说，“我是选择了这行。我可没使用暴力，我从不提无理的要求。我会事先做调查，鉴于我的成本投入，我的报价一点也不过分。我也不想让谁受苦。我恨苦难。这一生中，我见识了太多的苦难，我活几百辈子这些见证的苦难都够用了。我唯一所关心的是，我的投资以及投入的工时要有合理的回报，以及做事情要尽职尽责。我向你保证，不是所有人会像我这么负责地做事。不是所有人都会想得这么周到。他们像疯子一样绑架，跟学生娃一样干，那你就吃不了兜着走了。我的傲气不允许我那么干。我良心上也过不去。我极力避免那种事情发生。而我确实会避免，如果对方也是像我一样有良心的人！我在这行已经干了好多年了，至今为止还没有人受到伤害呢，除非他们太贪婪了自找苦头。”

“你从哪儿听说我的续书又赚了一百万了？”但愿他有个录音机。他的小索尼录音机在班克街劳拉的办公室里啊。所有他需要的东西都在那。

1 Al Capone (1899—1947)，又译作卡邦，美国著名罪犯，1929 年芝加哥发生的情人节大屠杀很多人便相信是其所为。帕奇诺 (Al Pacino) 主演的黑帮电影《疤面煞星》(*Scarface*) 即以卡彭为原型。

“我可不是‘道听途说’。我才不会那么干呢。我在你的档案里看到的，它现在就在我手边，我正读着呢。《综艺》，星期三才出的。‘独立出版人鲍勃·“斯里佩”·拉古支付将近一百万……’”

“可那是假的。鲍勃·‘斯里佩’·拉古在信口开河，他一分钱也没付。根本没有什么续篇。”

这种办法对头吗？记得报纸上有这么推荐过，跟绑匪说实话，把他当回事，平等相待，跟他交朋友？

“但是，拉古先生可不是那样告诉我的伙计的。真逗啊，在这件事上，比起你来，我倒更相信我的伙计。”

“我可爱的先生，拉古是在营销自己。就是这么回事。”这人是佩普勒，他想。阿尔文·佩普勒，那个犹太陆军海战队队员！

“啧，啧，啧。真逗。果然不出我所料，不愧是美国文坛狂野派讽刺家！”

“听着，你到底是谁？”

“我想要五万块美元，用百元纸币。请不要做任何标记。”

“我怎么把没有标记的五万块钱给你？”

“啊，终于说到正题上来了，这不就有进展了嘛。你只需去洛克菲勒广场的银行把钱取出来。到时，我们告诉你什么时候接头。然后你就可以行走了。多么简单呐。根本用不着什么大学文凭。把钱装在公文包里，重新回到大街上，一直往前走就行了。从那儿开始，我们来关照一切。不准报警，内森。如果警察来了，这事可就不好收场了。我憎恨暴力。由于暴力，我的孩子们看不了电视。杰克·鲁比[1]，白痴杰克·鲁比，他都快成了美国的守护神了！因为暴力，我在这个国家都快待不下去了。在反对那恶心的战争方面你可不是孤家寡人。真是场噩梦，国家的脸都丢尽了。我会不遗余力地避免暴力。但是，如果我嗅到了警察，那我就会觉得自己受到了威胁，那我就要干出被威胁的人要干的事了。那就是说，警察搞臭了迈阿密海滩，警察让纽约臭名远扬！"

"朋友，"祖克曼说，他改变了策略，"B级电影看多了。行话，笑声，一切都照搬。一点原创都没有。一点没说服力，从艺术上来说很糟糕。"

"嘀，嘀，嘀。也许是吧，祖克。嘀，嘀，嘀。也是活生生的现实。我再联系你定接头时间！"

这回可不是小说家挂断了电话。

1 Jack Ruby (1911—1967)，当众击毙李·哈维·奥斯瓦德（美籍古巴人，刺杀肯尼迪者）的人。

第三章

奥斯瓦德、鲁比和其他

站在祖克曼新公寓的前窗往下看，可以从街角一直看到弗兰克·E. 坎贝尔殡仪馆。这家殡仪馆坐落在麦迪逊大街，这里处置的都是纽约的富豪名流、达官显贵。在经历了阿尔文·佩普勒和威胁电话之后的那个早晨，有个叫尼克·赛拉塔利的人躺在了这殡仪馆礼堂里，此人绰号“王子”，是个黑社会大哥。他昨天死在市中心一家意大利面餐厅，死于脑出血，而不是枪林弹雨中。到早上九点钟的时候，坎贝尔殡仪馆的门前已经聚集了好些围观的人群，他们都想看看到底有哪些艺人明星、运动员、政客还有罪犯会来最后看“王子”一眼。透过百叶窗，祖克曼注视着两个骑警在跟三个巡警说话，三个人都佩着枪，他们守在第八十一大街对面的殡仪馆侧门那里。在麦迪逊大街的主入口，警察会更多，整个小区附近至少布置了十多名便衣。昨天晚上他想了一整夜，这样的安保级别不正是他想让母亲享受的吗？

这是他自搬到市郊以来在坎贝尔看到的第三还是第四场隆重葬礼了吧。不过，普通平凡、不值一提的葬礼天天上演，以至于现在每天早上走出屋子，看见街对面侧门旁边那些前来悼念的人群还有灵柩，他都已经学会了熟视无睹。不过要做到这点不大容易，尤其是遇到这样的日子：太阳在东区上空冉冉升起，阳光洒在悼念者的脸上，就像众多在加勒比海游轮上幸运的度假者；大雨倾盆的早上要忽略他们也不容易，悼念的人群等在雨中，等待送葬队伍开始，雨水如鼓点似的敲着伞面。甚至遇到不晴不雨、灰蒙蒙的阴天，要做到这一点也同样很难。看着一个人被封装在盒子里，然后把这事扭头就忘，无论在什么样的天气里，应该都不容易吧。

那些棺材都是先由卡车运过来，然后用铲车卸下来，最后再通过货梯送到太平间地下室去。向下，再向下，这才是第一轮测试。送葬的队伍消失后，穿制服的黑人勤杂工开始清扫花圈上掉下的花朵，那些花圈，不是送到公墓就是送到火葬场了。剩下的那些没扫掉的枯花瓣，全都散落在路边的碎石堆里，这也就够市环卫车在接下来的星期二或星期四忙活一阵子了。至于那些尸体，一般都在华灯初上的夜晚，被装在黑色麻袋里，放在狭窄的担架上被运到这里。随着一辆救护车（或者有时候是旅行车）停在专用的停车场上，黑色麻袋被迅速从侧门抬了进去。一切都只是发生在一瞬间，然而刚搬到这里的那几个月里，祖克曼似乎总是及时走过，捕捉到这一场景。殡仪馆上面几层的灯都彻夜长明。每次他去客厅关台灯，总是能看见那边灯火通明，不论当时有多晚。而之所以不关灯，不是因为有人在熬夜看书，也不是因为有人失眠。那些灯对别人的睡眠都毫无影响，除了祖克曼。

有时候，对面挤满了前来哀悼的人，他们都在等护柩人和棺材的到来。每次祖克曼从他们身旁走过，那边都会有人盯着他看。是因为他是祖克曼呢，还是因为他也在盯着他们看？原因不得而知，不过他倾向于在那种场合尽量低调行事，不让自己或是自己的书分散别人的注意力。仅仅几周时间，他就学会了如何应对一大早起来就看见一大群人聚集在他前门时所带来的那种震惊，他还学会了佯装行色匆匆，忙自己的事情，比如说去买张晨报或是洋葱卷什么的，就好像他对死亡没有兴趣一样。

他一晚上都没睡着，不光是因为坎贝尔那边灯火通明，还因为他在等绑匪是不是会再打电话来，或者这场恶作剧宣告结束。半夜三点钟的时候，他差一点就从被窝里爬起来打电话给劳拉了；到四点钟，差点儿打到警察局；到清晨六点的时候，他又差点打到迈阿密海滩。早上八点，他起床从前窗往外看，看到外面殡仪馆旁边有骑警在巡逻，当时他就想到父亲在疗养院的情景，整个晚上，他都在想父亲的事。每次看到坎贝尔夜夜灯火通明，他就会想起父亲。整个晚上《Tzena, Tzena》[1]这首歌一直萦绕在耳际，挥之不去。他们家人在干活的时候，都会吹口哨。《Tzena, Tzena》是他父亲的最爱，已经哼了好多年了。在这之前，他父亲一直都是哼《Bei Mir Bist Du Schoen》的。“这首歌，”祖克曼医生对他的家人说，“必将为犹太人的事业赢得史无前例的同情和支持。”这位足科医生甚至跑到大街上去买那首歌的磁带，这大概是他这辈子买的第五盘磁带吧。祖克曼大二那年，在家过圣诞节，当时每天晚饭前家里都放《Tzena, Tzena》的音乐。“这首歌会使以色列国屹立于世界之林，”祖克曼医生说。不幸的是，他没有意识到大儿子内森当时在人文课中学了“对立面”，所以当他和蔼亲切地询问他的音乐观点时，他根本没意识到自己正在犯一个大错误，而他得到的回答自然也是说以色列的未来由国际权力政治所决定，而不是仰仗于向非犹太人灌输“犹太的庸俗艺术”。这个说法惹得祖克曼医生勃然大怒、拍案而起：“你要这么说可就错了！由此就可以看出你根本不理解普通人的感情！”整个圣诞节期间，他们不光对《Tzena, Tzena》的评价没有交集，在其他任何事上也都存在分歧。不过到了六十年代中

1 希伯来歌曲，二十世纪四十年代初由英国军队中的一位犹太人创作，歌词大意是鼓励少女钟情于军人。之后提到的另一首歌为二十世纪三十年代流行的意第绪语歌曲，歌名直译是《在我眼中你很美》。

期，他把巴里姐妹唱的《屋顶上的小提琴手》里的歌放给内森听，那时候父子之间的这场较量几近结束了。那个时候父亲已经坐在了迈阿密滩的轮椅之上，而他的大儿子呢，那时候已经学成毕业，是个小有名气的作家了。内森陪着父亲一口气听完那几支曲子，然后称赞这几首歌棒极了。“上周在教堂，”他母亲说，“做完礼拜之后，领唱唱了那首歌给我们听。大家听得屏息凝神，掉根针都听得到。”祖克曼医生中风第一次发作以后，每周五都跟夫人一起去教堂做礼拜，这事对他们来说可是平生头一遭。这样，以后埋祖克曼医生的拉比才不会全然是个陌生人，其他人倒还真有这种可能。他父亲曾断言：“继《Tzena，Tzena》之后，这个巴里姐妹以及她们的专辑将对犹太人助益多多。”“也许你说得很对，”内森答道。为何不呢？此时的他已不再是文科二年级学生，他的第一本作品对犹太事业的伤害，此时父亲也不再耿耿于怀，而《卡诺夫斯基》还是三年之后的事。

祖克曼没有给劳拉打电话，也没报警，更没打到佛罗里达州。他想了想，到十点钟的时候决定给安德烈挂个电话，心想安德烈大概知道怎么来对付这些威胁电话。安德烈文质彬彬，身上带有那种欧陆的绅士风度，一头鬈发，闪着银光，再加上他那旧世界的口音腔调——这一切，早在多年前就为他赢得了一个略带嘲讽的名号——“服务生领班”。但是对那些需要他“服务”的人来说，安德烈·谢维茨可是个值得尊敬的人物。除了那些在国际上有头有脸的作家，安德烈还要替十五位蜚声世界的电影明星们打理大事小事，包括狂妄症、酒瘾、色情狂等等，当然，还有他们的税务问题。即便最后一刻才得到通知，安德烈总是能及时赶到现场，跟你携手并肩。每隔几个月，他就会去看望全国各地的小孩子，这些孩子要不就是母亲去了西班牙闯荡，要不就是父亲去了列支敦士登创业。到了夏天，因为那些登上《国家询问报》头条的家庭动乱，就会有孩子变得像孤儿一样；等学校放假，安德烈和玛丽便带他们去南安普敦度假；八月夏日炎炎，你经常会看到电影界最熟面孔的微型版，正在谢维茨家的游泳池边啃西瓜。九年前跟贝齐痛苦离婚时，祖克曼一点儿都没觉得费劲，因为一切事务都由安德烈的（同样也是洛克菲勒夫人的）律师帮他打理，也没花几个钱。两年前，安德烈的外科医生又救了他一命；他阑尾炎和腹膜炎发作后，也是在谢维茨家南安普敦的宾馆里休养的；在那里，平时有一个女佣、一个厨子照顾他，周末的时候有劳拉，那段时间他要么在阳台上打盹儿，要么懒洋洋地躺在游泳池里，整个人胖了二十磅，又恢复了住院前的体重。他也是在那里开始写《卡诺夫斯基》这本书的。

唉，但是这些威胁呢，可就更荒谬了——这个他自己清楚得很，根本不需要安德烈提醒。祖克曼找出了一本新的写作练习簿，并没有打电话给安德烈，而是开始记载他记忆中的前一天的“生意”。因为这确是他的“生意”：不是买卖交易，而是眼见为实。从个人观点来看似乎有点让人难以接受，不过从做生意的角度来看又怎样呢？哦，老天啊，从做生意的角度来看，昨天简直棒极了！他每天都应该那么做。我们帮你洗牙不记得了？买的漂亮西服？还给你找了皮肤护理的医生不是吗？阿尔文，我们并不是铁石心肠的恶人——我们在电视圈里混。他告诉我，我们真的非常担心你，我们决定为你请个心理医生。我们希望你能坚持去艾森伯格医生那里看病，直到你的精神病痊愈，脱胎换骨成为真正的你。没错，我自己也去看艾森伯格医生，为什么阿尔文不去他那呢？

他连续写了一个多小时，字字句句都是佩普勒愤怒的证词。后来猛然间出了一身汗，打电话给安德烈，又描述了一遍那些胁迫电话的细节，一直讲到那几声嘀，嘀，嘀。

“你想抵御我在你的人生道路上撒下的一切诱惑，这个我懂。你想反抗人生之道，”安德烈话里带着讥讽，带着中欧大陆特有的那种抑扬声调说道，“你不能接受自己现在的生活，这个我也懂。虽说这都是你自己要玩叛逆，不过的确很多玩叛逆的让自己也措手不及。特别是对像你这种家庭社会背景的人来说。老爸一直教你要好好做人，老妈一直让你待人和善，加上你在芝加哥大学高级人文决策班又学了四年，你还怎么可能去过一个正常的生活呀？十六岁小小年纪就把你送到那里去了！这就像从森林里偷一只小狒狒回来，让它在厨房吃饭，在你床上睡觉，拿着开关当玩具，再套个小T恤，穿条带兜儿的裤子，等到它长大了，全身毛茸茸的，不可一世，再给它颁发个西方文明方面的学位，最后把它送回到树林中。我能想象你在芝加哥大学时曾是一只多么令人心醉神迷的小狒狒。那时候的你肯定在研讨会上大出风头，连连拍案，在黑板上狂书英文，向全班大吼说他们都错了——你那时候肯定风光无限吧。就像这本烂小说里描写的那样。”

“安德烈，你到底想说什么？有人威胁要绑架我妈！”

“我想说的是，把一只野生狒狒改造成一只文明狒狒，这个过程残忍且不可挽回。作为一只经过改造的文明狒狒，你不高兴再重新面对野外的水坑了，这一点我能理解。但是，妄想偏执那就是另外一回事了。我要向你说的是，我要问你的是：在一切失去控制前，你到底要在妄想偏执的道路上走多远？”

“问题是，这本烂小说会带他们在这条路上走多远。”

“内森，‘他们’指谁？你可别再疯疯癫癫的了，就当是帮我个忙。”

“昨晚有个疯子给我打了三个电话，威胁我说要绑架我母亲。我知道这听起来挺疯狂的，但真的发生了。我现在就希望能想个办法理智地处理这件事。我还想着，你这个人为人圆滑，老于世故，再加上玩世不恭，对付这种事肯定有点头绪。”

“实话跟你说吧，我没有。虽说我的客户都是世界顶级明星，但据我所知，这类事情从来都没有‘发生’在他们任何一个人身上。”

“我也从没遇见过这种事，所以你才觉得我的话荒唐。”

“这个我明白。不过你疯疯癫癫已经不是一天两天啦。从你名利双收的那天开始，你就这个样子了。这么多年，我也见过不少神经敏感、妄自尊大、喜怒无常的大牌，但我从没见过像你这样为名利所累的，好好的名利双收被你搞得跟人间悲剧似的。人们总是沉迷于各种疯狂的事物，这种事我见多了，不过我还没见过像你这样沉迷于这个的。财富越多、名声越大，你怎么反而越焦虑不堪呢？”

“其中一个原因就是昨晚有个疯子打电话威胁我。”

“那就别接电话了。不要坐在电话旁边，什么都不干等着接电话。威胁电话这种事，你不理它，它也就消停了。这就像要想不在公交上出事，就不要去坐公交。还有，既然说到这，不要吃那些熟食店买来的脏兮兮的东西。记住你是个有钱人！”

“谁告诉你说我在脏兮兮的熟食店吃东西了？《纽约每日新闻》还是《邮报》？”

“是我说的。我也没说错吧？那些小烧烤店又脏又乱，鸡肉还特别油，你在那里买了带走，回到你那空空如也、家徒四壁的公寓，用手抓着吃。你还躲到什洛莫街那些五香熏牛肉店里，假装自己是个小地方来的无名小卒。不过内森，你这些行为早就没有当初给人的那种标新立异的感觉了，现在我们看到的都是你偏执的一面。你到底想要干什么？你是想告慰天上和在《评论》杂志[1]的各路神仙吗？让他们觉得你不过是个谦卑、不爱出风头的犹太学者，而不是一本有伤风化小说的不安分作者吗？我知道你钱包里有好多卡片，上面都是文学界的那帮自以为是的家伙的论调，说什么凡是享受名望所带来的满足感的，都是爱慕虚荣的人。唉，你可别信那些鬼话。像你这样的作家，人生中还是有很多值得享受的。还有，你不能再在什洛莫街混了。我们就先从公交这事儿说起吧，你得买辆车，配个司机，内森。托马斯·曼就有配了司机的车呢。”

“你从哪儿听说的？”

“我不用听人说，我自己就坐过他的车。你得找个小姑娘帮你回个信，跑个腿什么的。还得雇个人给你往麦迪逊大街送脏衣服，或者至少找个干洗店取送衣物。”

1　1945 年由犹太人创立的美国政治、文化月刊。

“干洗店的人来取衣服时都靠在门铃上——这太分散我的注意力了。”

“你得找个管家，让管家去开门。还得找个人给你做饭、办杂货，还要负责打发门口的推销员。你再也不用自己推个购物车逛格里斯泰德超市了。”

“要是我想知道一磅黄油多少钱，就必须得去。”

“你知道那个干吗？”

“安德烈，格里斯泰德超市是像我们这样的可怜作家体验真实生活的地方——不要把格里斯泰德也从我生活中划掉！只有通过逛超市，我才能触摸到这个国家的脉搏。”

“你想触摸国家的脉搏？那你得了解一下我所知道的事情：一磅人肉多少钱。我可没在开玩笑。你得配个司机，找个管家、厨子和秘书……”

“这么一大堆人，我躲在哪儿呀？我在哪儿写作呀？”

“你得找个大点儿的房子。”

“别开玩笑了，我刚搬进一个大房子。这里安静、宽敞，又在东第八十一大街上，每个月租金才五百块，绝对不是贫民窟。这个条件已经很不错了。”

“你应该在联合国广场上租个复式公寓。”

“我不想住复式公寓。”

“内森，你可不是当年那个我从《时尚先生》里挖掘出来的穷书生了。能取得你这么大成就的作家没几个——所以别再跟个落魄作家似的了。一开始吧，你离群索居是为了要激发你的想象力，现在你与世隔绝，是因为你激发了读者的想象力。眼下，这世界上的人都迫不及待地想见你。特鲁多来过这儿，他想见见你。阿巴·埃邦也来过，还跟我提到你了呢。伊夫·圣·劳伦正在举办一场大派对，他的办公室还打电话给我要你的号码呢[1]。但我敢给他吗？再者说了你会去吗？”

“听着，我已经见过西泽拉了。近期内应该不用再见什么人了吧。顺便说一下，告诉玛丽，我已经收到从哈瓦那寄来的分手信了。她可以打电话给《美国女装日报》通报消息了，我随后会托人送一份复印件过去的。”

“至少西泽拉让你总算是有那么一晚没宅在屋里。我真希望再有个像她那样可爱的诱惑，能让你挪个窝。亲爱的小伙子，据我所知，你宅在屋里，一天到晚，除了自己的事什么都不想。哪天要是好不容易硬

1　此段提到的三位名人：特鲁多（1919—2000），前加拿大总理；阿巴·埃邦（1915—2002），以色列外交家；伊夫·圣·劳伦（1936—2008），法国时装设计师。

着头皮出去了吧，情况就更糟。大家都盯着你看，每个人都想接近你，不是想把你绑在床上就是想往你眼睛里吐唾沫。虽说但凡有一丁点大脑的人都知道，你就是你，但大伙儿都要把你跟吉尔伯特·卡诺夫斯基扯在一起。不过回过头来想想，你说的，正因为‘你就是你’，这两年才快把自己逼疯了。你说你觉得写‘正儿八经的、负责任的’小说很傻；你说你觉得戴着‘高尚’的面具过‘无趣’的生活很傻；你说你觉得每天晚上坐在椅子上，给另一本大作做笔记很傻。‘我还得为了准备期末考试浪费多少生命？我都这么大了，早就不该做期末论文了。’你厌倦了每个周日打电话到佛罗里达州问候母亲，跟个孝顺儿子似的；你厌倦了在停战请愿书上签字装好市民；你觉得最傻的是跟你老婆那样的社会改良家生活在一起。这个国家已经一片混乱、失去控制了，你却还坐在椅子上做功课。唉，你的小说实验成功了，现在你之所以在这个问题百出的国家名声大噪，是因为你自己也是问题一大堆。现在你觉得更乏味更无趣了。更有甚者，让你火冒三丈的是，像你这么一个既有责任心又高尚的作家，你真正的一面却又不为人所知。你本来应该作为我们的行动楷模的，像你这样一个人竟然能给公众呈现出吉尔伯特·卡诺夫斯基这么一个形象，这可真是了不起。你本来就想破坏你的道德准则，你本来就想践踏你所谓的尊严和高尚。现在你可是把这些都毁了，而且毁得沾沾自喜，像个地道的破坏狂。现在你又觉得羞耻了。你个笨蛋，因为除了你自己，没人觉得这是什么深刻、高尚的事！‘他们’误会你了。而那些真的了解你的人呢，他们认识你少的也有五年，多的有十年、十五年之久，你却对他们不理不睬。据我所知，你连一个朋友都不见。大家都打电话问我你出什么事了。你最亲近的朋友以为你出城了。那天还有人打电话问我你是不是真的在佩恩·惠特尼做心理治疗。”

“他们觉得我也疯了是吧？”

“内森，你目前是这十年来人气最旺的社会名流了——大众对你的一言一行都会品头论足的。现在我要问你的问题是，你为什么连你那些老朋友都不见？”

答案很简单。因为见了老朋友，他就不能坐在那里一直抱怨成为近十年来人气最旺的社会名流；因为遭大众误解，成为一个可怜的百万富翁不是有思想的人真正愿意长谈的话题，即便是朋友之间也不行，尤其是对搞写作的人更是这样。他不想他这边谈论白天跟投资顾问待在一起，晚上跟西泽拉·奥谢混在一起，朋友转头就说与外人听，也不想让他们对所谓奥谢投奔革命抛弃他的事议论纷纷。而这些又是他唯一能谈的话题，至少他可以自言自语。对于他的任何一个朋友来说，他都不适合陪在他们身边。他一开腔肯定会说他走到哪儿哪儿都会引起一片骚动，过不了多久，他就把那些朋友一个个树成了敌人。

他必然会大谈特谈鲱鱼卷大王、八卦专栏，还有每天那一大堆疯狂的信件，谁能听得下去这些呀？他肯定还会讲他那些西服，一共六套，三千块钱，他可以穿着那些西服坐在家里写作。而他本来可以什么都不穿“裸写”的（当然前提是需要的话）；他也可以像以前那样，穿一件衬衫，一条斜纹棉布裤，就那么写，心满意足。三千块钱可以买一百条棉布裤，四百件衬衫了（他仔细算过）；三千块钱可以买六十双布鲁克兄弟牌的绒面革皮鞋，早在他去芝加哥上大学那会儿他就穿那个了；三千块钱他能买一千二百双条纹袜子了（四百双蓝色的，四百双棕色的，四百双银灰色的）。三千块钱够他一辈子穿衣服用了。但是他现在每周都去怀特先生那里试穿衣服，每周两次。还要跟他讨论讨论哪个肩膀需要再垫垫，腰部哪里需要再掐一点儿，而谁又愿意听祖克曼絮絮叨叨这些事呢？他自己都听不下去，不过，没人的时候，他就会说个不停。让别人以为他在佩恩·惠特尼做心理治疗也好，也许他倒还真应该去那里。因为在家还有电视的问题：他很迷电视，一看就停不下来。他还住在市中心班克街那会儿，他们每天固定看的就是新闻。晚上七点钟有一次，到十一点又有一次。他和劳拉过去常常坐在客厅看电视里越南的大火：村庄着火了，丛林着火了，连越南人身上也着火了。看完新闻后他们就接着回去干活。劳拉去处理她的逃兵们，他则去搞他的“伟大作品”笔记。可是，要是劳拉不在，他就会长时间看电视。估计从刚有电视信号，也就是他高中刚毕业到现在这么多年来，那是他第一次在电视机前耗那么长时间，因为他很难集中注意力做其他事。穿着浴袍，坐在充满东方风情的毯子上，啃着烧烤店的外卖鸡肉看电视，突然听到电视机里有人在谈论自己，每到这个时候，一种奇怪的感觉总是油然而生，这感觉他至今还是适应不了。有一天他看到有个很漂亮的摇滚歌星在跟约翰尼·卡森[1]大谈特谈她跟祖克曼的一次约会，那个女人还添油加醋地说谢天谢地只有那么一次。她提到，祖克曼推荐给她一套衣服，说是让她穿那个去吃晚餐，这样才能让他“兴奋起来”，这可把全场都笑翻了。而事实上祖克曼这辈子从来都没见过那个女人。还有上个星期天，他在第五频道看到三个心理医师坐在演播室的长椅上跟主持人聊祖克曼的“阉割情结”，他们都认为祖克曼的那个家伙肯定不小。第二天早上安德烈的律师告诉他说他不能告他们诽谤。“内森，你的蛋蛋现在已经属于大众了。”

他们说得没错——他确实疯了。

“那些威胁呢？那些威胁怎么办，这才是我们的正事。”祖克曼朝安德烈吼道。

1 Johnny Carson（1925—2005），美国著名脱口秀节目《今夜秀》主持人。

“说实话，听你的说法，我觉得那些威胁根本不是什么大事。可是呢，我又不是你。你现在肯定觉得什么都不受你掌控了吧，你要是心里真觉得有绑架这回事，你就报警吧，看看警察怎么说。”

“但是你觉得这一切都是恶作剧。”

“这是意料中的事。”

“要不是恶作剧呢？要是我妈现在正在埃弗格兹的沼泽区，蜷缩在某个汽车后备厢里呢？”

“别说那么多如果。照我说的做吧。你要我给你点建议，我的建议就是报警。”

“报警倒是容易，不过接下来的问题是报了警又能怎样？”

“要是什么事都还没发生，我还真不知道那些警察能干什么。我关心的是如何消除你这种被害妄想，内森。这才是我的工作。我得给你吃颗定心丸，让你平静一点。”

“你都让我报警了，我还怎么平静？报了警等于就把这事捅到了报社。我今天要是报警了，明天这事即便不是头条，也肯定会上伦纳德·莱昂斯的专栏了。标题肯定得这么写：情色作家母亲遭拳手威胁。卡诺夫斯基夫人遭绑架——这条大新闻可算是他们六十年代的收官大作了。萨斯坎德估计得找三个专家跟他一块来分析分析这事，讲讲‘到底谁应该为这个病态的社会负责’，赛佛瑞德会告诉我们它对未来的自由世界意味着什么；赖斯顿肯定会写一篇专栏文章来剖析价值观的败落。要真是这样，那么与全国人民都得遭受的苦难相比，我妈所受的折磨就根本算不了什么了。”

“哈哈，这样就有点像你以前那个乐天派的样子啦。”

“是吗？我之前是个乐天派？现在我估计都不认识以前的自己了。鲍勃·‘斯里佩’·拉古是谁？《综艺》[1]上讲得那个投资一百万拍续篇又是怎么回事？”

“鲍勃·拉古。如果我是你就不会对那一百万抱太大希望。”

“但他确实存在。”

“他没个准儿，时有时无的。”

“那马蒂·帕泰又是谁呀？”

“不认识。”

“你从来没听过东第六十二大街有个制作人叫玛蒂·帕泰的？”

“像个菜名[2]。我没听过他呀，你干吗这么问？”

不，有些事还是别提起的好。“那你知道盖尔·直布罗陀吗？”

安德烈笑了笑。“听起来好像你现在就在写续集似的，这些好像都

1 美国权威电影杂志。

2 Pâté（帕泰）de foie gras 指鹅肝酱饼。此处安德烈原文的问法是：“就像‘de joie gras’那个帕泰？”显然他也并不懂法文。

是卡诺夫斯基想象中虚构出来的东西。”

“不对，不是卡诺夫斯基的想象。我觉得我得给我妈找个保镖，你说是吧？”

“好吧，要是你觉得那样就会有安全感了……”

“只是那样不会给她足够的安全感，是吧？我都不敢想象保镖把大衣一脱，开始吃午饭，而我妈却得坐在他对面看着他肩膀上的手枪皮套。”

“既然这样，那就别想了，内森。你干吗不再等等，看看那个家伙会不会再打过来？要是没电话打过来提赎金的事，这件事就到此为止。那就说明有人只是想寻开心罢了。要真有电话打过来……”

“要是真有人打电话过来，那我就报警，就通知联邦调查局，让报纸爱说什么说什么吧……”

“所言极是。”

“就算结果是虚惊一场，我妈也同样受到了保护。”

“这样你也会觉得办了件好事。”

“但这件事就会见报，然后另外的疯子就会受到启发，也想自己来试试。”

“对疯子，你多虑了。”

“可是他们都是活生生地存在的！他们过得比我们还好呢。现在很得势呢。要风得风，要雨得雨的，那是他们的天下，安德烈。我得让你看看他们发给我的信才行。”

“内森，你口口声声不是你，就是你的信，总之你把这一切看得都太严重了。说不定绑匪就是想提醒你这一点呢。”

“他想教育教育我，是吗？听你这口气，我都觉得你就是绑匪了。”

“我倒想呢。我要是那么聪明能想到那种主意就好了。”

“我倒希望你也那么聪明。但愿有人那么聪明，但不是打电话的这个。”

“也许压根儿就没人呢。”

一挂电话，祖克曼就开始翻西泽拉·奥谢的司机给他的那张名片。他该打电话问问他能不能在迈阿密给他推荐个保镖。他该亲自去一趟迈阿密。他该打电话给联邦调查局迈阿密办事处。他以后可不该在熟食店吃东西了。他该给家里添点家具。他该把书一箱一箱打开。他该把钱从鞋里拿出来，交给华莱士去投资。他该忘掉西泽拉，找个新女友。有成百上千个不是那么疯狂的茱莉亚排着队等着带他去瑞士参观巧克力工厂呢。他以后不该在外卖柜台买鸡吃了。他该见一见吴丹[1]。他不该再把

1　U Thant (1909—1974)，联合国第三任秘书长。

那些托克维尔[1]脱口秀当回事了。他不该再把电话里那些疯子放在心上。他不该太把自己那么当回事。他该把那些来信看淡点。他以后不该再搭公交了。他该打电话回复给安德烈，拜托他看在上帝的分儿上，不要把绑匪的事告诉玛丽——要不然一切就都变成了“苏西说”[2]了！

但是，他什么都没做，而是坐回书桌旁，在本子上记录昨晚绑匪说的话，整整写了一个小时。虽然心里着急，但他看到昨晚电话里听到的话都呈现在纸上，还是忍不住自己傻笑。这让他想起福楼拜的一段轶事：有一天福楼拜走出书房，正巧看到他的一个表妹——一位年轻的少妇——在照顾她的孩子。福楼拜当时很伤感地说道：“Ils sont dans le vrai.”[3]嗨，这拿来做标题倒蛮好的，祖克曼一边这么想着，一边在练习簿的空白处写下这几个字。他用的那些练习簿，都用硬皮封面装订起来，上面镶有黑白花色大理石花纹的那种。时至今日，这种本子仍然能勾起很多美国人写不完作业的痛苦回忆。封皮的内侧有一张表，是每周的课程表，正对着画满蓝道道的第一页。表里边是祖

1 此处原文为 talk-show de Tocquevilles，当指托克维尔在美国民主方面的著述影响力巨大，暗示脱口秀是属于普罗大众的娱乐。

2 《美国纽约日报》专栏，此报为 1937 年至 1966 年间发行的情色刊物。

3 原文为法语，意为：他们才在真实之中啊。

克曼的副标题：或者，我在业余时间是怎样被名利害得苦不堪言。副标题都是用粗体大写字母写就，整个标题横跨了好几格，其实，这些长方形的格子本来是用来写科目、教室号和老师名的。

“《Tzena, Tzena》，一九五〇年。”

街角对面坎贝尔殡仪馆那里有个信号灯，祖克曼正在等绿灯，有人在他身后报出了歌名。他一早上都在用口哨吹着《Tzena, Tzena》这首歌，即使没上街也在吹，只是他自己没意识到而已。就这首曲子，不断重复。

“这首歌是由以色列流行曲调改编而来，英语歌词为米切尔 · 帕里什所作，戈登 · 詹金斯和织工乐队[1]发行。”

给他提供咨询的正是阿尔文 · 佩普勒。那天空气清新，阳光明媚。但佩普勒还是穿着一身黑色雨衣，还戴了个帽子，不过最惹人注目的还是他那副黑墨镜。难道昨天晚上眼睛被某个性子比祖克曼还要暴躁的名流给戳了？要么就是墨镜让他自己看起来也像个名流？要不就是失明成了他新的卖点？智力竞赛盲人选手。发发善心吧。

1 美国二十世纪六十年代乡村音乐组合。

“早上好，”祖克曼说道，并向后退了几步。

“这么大早起来是要见证这大场面的吧？”

佩普勒一边咧开嘴笑，一边这么打趣着说。祖克曼没回话。

“想象一下，本来只是想出去喝杯咖啡却意外碰见了‘王子’赛拉塔利的葬礼，这是一种什么样的心情呀。”

你在第六十二大街上喝咖啡，却在第八十一大街上撞见了赛拉塔利？

“这就是我为什么嫉妒你们纽约人的原因了，”佩普勒说道。“你若无其事地走进电梯，却发现维克托·伯厄[1]站在里边！仍然是那么伶牙俐齿，幽默风趣。这可是真事，我到纽约第一天就碰见他了。半夜你赶着出去买晚报，猜猜谁从你旁边的出租车里冒出来了？崔姬[2]！从熟食店的卫生间出来，竟然看到你坐在那里吃饭！维克托·伯厄、崔姬，还有你，而所有这一切仅仅发生在我来这儿的四十八小时之内！刚才那个骑警告诉我有传言说桑尼·利斯顿[3]今天会露面呢。”殡仪馆门口聚集了很多围观的人群，还有一些警察，好多摄像头和工作人员，他指了指那边，对祖克曼说：“不过到目前为止，你可是什么都没错

1 Victor Borge (1909—2000)，丹麦幽默作家、世界级钢琴家。

2 Twiggy (1949—)，英国著名模特。

3 Sonny Liston (1932—1970)，著名拳手。

过哦。”

一句话也没提祖克曼前天晚上在巴斯金 · 罗宾斯冰激凌店外面消失的事，也没提他打的那些电话。

祖克曼觉得佩普勒肯定在跟踪他。戴一副黑眼镜，一看就没安好心。他离家之前就这么想过：佩普勒藏在沿街的某个门廊边，等着突袭他。他可不愿意像绑匪说的那样，坐在那里等着电话响。那就太傻了。更何况绑匪可能就是这个疯子。

“二十世纪五十年代你还知道些什么？”

“啊？什么？”

“五十年代其他的歌你还知道些什么？”佩普勒问，“能列举出五十年代十五大金曲吗？”

不管佩普勒到底有没有跟踪他，祖克曼只能赔着笑脸。“你这可是问倒我了。我连十大都说不上来。”

“想不想知道五十年代十五大金曲都有些啥吗？”

“我必须得走了。”

“首先，那一年有三首歌名里带蛋糕：《糖果和蛋糕》、《要是知道你要来，我就烤个蛋糕》、《阳光蛋糕》。然后再按字母表顺序来”——说到这儿，他双脚钉在了人行道上——《今天是个美丽的日子》、《你，美好的你》、《破烂拖把》、《秋叶》、《山姆之歌》、《它是如此美妙》、《Tzena, Tzena》、《我心为你哭泣》、《威廉敏娜》、《一大堆一小口》、《音乐！音乐！音乐！》、《这件事》，一共十五首。休利特·林肯估计连五首都说不上来。要是不作弊，他可能连一首都不会。说到美国各个时期的流行音乐排行榜，我阿尔文·佩普勒才是势不可挡，所向披靡的。当然，他们'挡'住我了，就为了让那个非犹太人上场。"

"我不记得《破烂拖把》了，"祖克曼说。佩普勒笑了笑，表示理解。哦，天哪，他看起来真的不像坏人。至于黑色墨镜，可能游客都喜欢这么打扮吧，为了扮成本地人。"吹首别的，随便吹。"佩普勒说。"哪个年代都可以。"

"我真的得走了。"

"内森，拜托你了，就考考我吧。让我向你证明我可不是浪得虚名的，证明我就是佩普勒本人！"

当时正在打仗，到处都是警笛声，他父亲当时任街道防空队队长，他在规定的六十秒钟之内就冲出了家。而在他们家的地下室里，亨利、内森还有他妈妈坐在桥牌桌边，正在就着烛光玩牌。这只是个防空演习，不是来真的，在美国从来都没什么真格的，不过十岁小孩怎么可能知道这些呢。那些炸弹很有可能错过纽瓦克机场直接打到他们家的房子上。不过很快警报就解除了，祖克曼医生戴着他的队长帽，吹着口哨就下到地下室来了，他还把手电筒的光打到孩子们眼睛上跟他们玩闹。空中没有战机在飞，也没炸弹爆炸，街角破败的索能菲尔德家也拉上了窗帘，他的两个儿子既没有作品出版，也没有碰过一个女孩，更别说离婚了。干吗不吹口哨呀？他把灯打开，依次吻了在场所有人，说了一句："我也要玩。"

现在内森唱给佩普勒的那首歌，正是他父亲从地下室楼梯下来时哼的那首。他不是应该逃跑的吗？

他只唱出了三个音符。"一九四三年的《我会一直看着你》。这首歌一共二十四次荣登音乐排行榜，"佩普勒说，"其中有十次名列榜首。由弗兰克·西纳特拉和希尔德加德灌制。一九四三年的十五大金曲——准备好了吗，内森？"

哦，这话问对了。在真实中，是到时候了，安德烈说得一点都没错：以前，你离群索居是为了激发自己的想象力，现在你离群索居，是因为你激发起了读者的想象力。这能让你写出什么样的小说呀？西泽拉上流社会的日子不适合的话，再试试底层的生活？你的好奇心去哪了？过去那个乐天派的你又在哪里呢？你到底对谁做了什么见不得人的事让你像现在这样鬼鬼祟祟，偷偷摸摸，跟个逃犯似的？你根本就不是什么道德楷模！从来都不是！你要觉得自己是个好人可就大错特错了！你逃出的，正是那个骗局——你现在置身在这无与伦比的“真实之中”。“开火吧，阿尔文。”说这话有点鲁莽，不过祖克曼其实并不在乎这个。喷薄而出的自我不要再闪避了。不要再用一时冲动当借口了。接受命运的给予吧！接受所激发的回响吧！欢迎书中的那些小精灵吧！什么名啊，利啊，和这个提供癫狂乐趣的天使啊，照单全收！

这位天使早已经火力全开了：

“《让我们带着祝福奔向自由》、《昨夜无眠》、《我会一直看着你》、《爱、爱、爱》、《我以前听过这首歌》、《美妙的夜晚》、《玛丽兹·豆茨》、《哦，多么美妙的清辰》。顺便说一下，是‘清辰’，而不是像大多数人想的那样是‘清晨’。休利特·林肯肯定第一个这么想。不过自然没人会给他指明，起码在做节目的时候不会。《大家都会说我们沐浴在爱河中》、《枪套》、《周日，周一或者永远》、《要么太年轻，要么太老成》、《堤可堤可》、《如歌般萦绕在耳边的你》、《你永远也不会知道》。一共十五首。”说完这些，他整个人放松下来，身体弛垂了一点，八成想到休利特在节目上是怎么说的。

“阿尔文，你怎么能记住这么多？”

佩普勒扶了扶他的黑色墨镜（倒是没人把他眼睛捶青），黑眼珠一转一转的。“这就是《奇妙之处》[1]，”他开玩笑地说。

祖克曼配合他。“这是多丽丝·戴的作品，一九一四六年出品。”

“唉，就差一点！”佩普勒高兴地叫起来。“很接近了，但正确答案是一九四八年。不好意思啦，内森。下次好运！由萨米·卡恩作词，朱利·斯泰恩作曲，作为电影《公海上的罗曼史》的插曲，由华纳兄弟电影公司出品发行。主要演员有杰克·卡森、唐·迪符尔，还有多丽丝·戴。”

这下可把祖克曼弄得连连大笑。“阿尔文，你可真有两下子。”

听祖克曼这么说，佩普勒又开始滔滔不绝地讲了一大堆以“你”打头的歌曲。“《你真美妙》、《你看起来美极了》、《你是我的一切》、《你什么都不是，除非有人爱你》、《你让我心碎》、《和你在一起成了我的一种习惯》、《你是……》”

“这，这，这是卖弄嘛。哦，说真的，这简直太棒了。”祖克曼笑得都停不下来了，不过佩普勒好像并不在意。

“《你是一面雄伟的旧旗帜》、《（当离家近在咫尺）你比天涯海角更遥远》。你是想让我停下来，还是继续？”佩普勒问道，脸上晶莹的

1　这是佩普勒一个双关的说法。“奇妙之处”本是歌曲名。

汗珠一闪一闪，兴奋地跟个摄入肾上腺素的瘾君子一样。

“不！不要再多说了。”祖克曼抱怨着，不过他又觉得能到户外来活动活动，挣开束缚、自由自在是如此美妙，是佩普勒让他从自我拘禁中释放出来。于是他又小声说道：“求你了，你饶了我吧，街道对面还有个葬礼呢。”

“‘街道’，”佩普勒说道，“关于街道的歌有《纽约的街道》；‘对面’，《长满白杨的小巷对面》；‘葬礼’，这个有点难，得容我想想；‘求’的歌有《我不在了求你不要再提起我》；‘多’，《见你愈多》；‘无’，《别无他爱》；现在轮到‘葬礼’了，唉，我的一世清名就要毁在这个词上面了。美国流行音乐史上压根儿就没有哪首歌包含‘葬礼’这个词，原因嘛，也显而易见。”

可遇而不可求。真实。在无用的细节上，甚至比伟大的詹姆斯·乔伊斯都丰富。

“做点更正，”佩普勒说，“是《见你愈加多》，动作片《钻石俱乐部》的插曲，由迪克·海麦斯演唱。这部片子是世纪福克斯公司于一九四五年出品发行的。”

现在，看来是无法阻挡佩普勒了。可是，干吗非要阻挡呢？不，你不会逃避阿尔文·佩普勒这样的现象。但凡是个还有点头脑的小说家，都不会这样做。想想吧，海明威为了找那头狮子费了多大劲，走了多远的路啊[1]。而祖克曼现在仅仅才出门，刚走到大街上。没错，先生，把书都收起来吧！走出书房，到大街上来吧！与时俱进吧！要是能把这家伙写成小说，那会是怎样的一部小说呵！什么乱七八糟的事他都记得！他的大脑简直就是胶水，是捕蝇纸，什么都记得！他收集所有的干扰静电！他会成为一个怎样的小说家呀！不，他已经是个小说家了！帕泰、直布罗陀、珀尔马特、摩西·达扬——他就是这部小说的主人公！从报纸头条新闻到记忆中的边边角角，这些都是他小说的素材！已经有足够的说服力了，虽然可能少了些技巧吧。但你没看到他的发挥吗！

"《你将永远不会知道》、《小小善意的谎言》，由迪卡唱片分别于一九四三年和一九四八年发行。"佩普勒说这是迪克·海麦斯最畅销的两张专辑。现在祖克曼对他在这些事上的才能是一点也不怀疑。

"派瑞·科莫呢？"祖克曼问道。"他的最畅销专辑是什么？"

"RCA Victor 唱片公司在一九四五年到一九四六年间发行的《诱惑》、《后来喜欢你》、《直到时间尽头》，还有一九四七年的《爱之囚徒》、一九四九年的《十六岁的美好时代》……"

1 指海明威热爱去非洲游猎。

祖克曼现在早把绑架的事忘到九霄云外去了。一切焦虑和担心都被他忘得一干二净。反正这些也都是自己想象出来的，难道不是吗？

佩普勒又开始滔滔不绝地讲爵士歌手纳京高的作品了。“一九五五年的《亲爱的，我很爱你》、一九六二年的《灿烂的玫瑰》……”这时祖克曼突然发现面前多了一个麦克风，还有人扛着摄像机，把镜头对准了他。

“祖克曼先生，你是来这儿哀悼赛拉塔利‘王子’的是吧……”

“啊？哦，是吗？”

那个记者一头乌发，身材魁梧有力，长得也很英俊。祖克曼认出在当地的新闻节目中看到过他。他继续问道：“那您是死者的友人还是亲属？”

这玩笑可开大了。唉，今天这一大早可真是的！《哦，多么美妙的清辰》！《俄克拉何马》[1]！由罗杰斯和汉姆斯坦创作。这连祖克曼都知道。

“不是，我只是路过。”他一边说，一边微笑着挥手示意记者停下

1　音乐剧。《哦，多么美妙的清辰》是其开场曲目。

来。“我只是跟一个朋友一起路过这里。”他指着佩普勒说。

话音刚落，他就清楚地听到他那位“朋友”清了清嗓子。佩普勒眼镜也不戴了，由于激动，胸口一颤一颤的，好像要提醒这个世界他遭了多大罪似的。这时，祖克曼看见坎贝尔那边有很多人朝他们这个方向看过来。

只听见对面有人在喊：“那是谁呀？”

“是考费克斯[1]！考费克斯！”

“你们认错人了，错了！”祖克曼现在可有点小生气了，不过那个记者，虽然挺强势的，但最终好像意识到了自己的错误，示意摄像人员停下来。

“不好意思，先生，”他向祖克曼道歉。

“你这个笨蛋，那不是考费克斯！”

“不是考费克斯那是谁呀？”

“谁也不是。”

“实在是对不起，”那个记者赔着笑脸向佩普勒道歉。与此同时，其他工作人员也都撤走，回去干正事了。街对面来了一辆加长豪华轿车，门廊上所有人都等着看桑尼·利斯顿是不是在里面。

1 Koufax (1935—)，美国著名棒球运动员。

佩普勒指着那个新闻记者说，他叫J. K. 卡兰弗德，毕业于罗格斯大学，全美最佳记者。

这工夫有个骑警早已挪到他们俩身边，为了看清楚一点，他还弯着腰屈身骑在马上。“嘿，老兄，你是干什么的？”他问祖克曼。

“无名小卒，不用紧张。”祖克曼拍了拍他灯芯绒夹克胸口的口袋，好让那个警察放心他没带枪。

那警察一听这个就乐了，不过佩普勒还是一脸愠色。“我的意思是你是哪个名人？他们刚才在采访你，是吧？”

“哦，不是，他们认错人了。”祖克曼解释道。

“上周《黛娜·萧》[1]里那个人不是你？”

“长官，那不是我。我当时在家里，躺在床上。”

这个五大三粗的警察在这里一通瞎说，跟个白痴似的，佩普勒再也不能容忍他在这里丢人现眼了。“你不认识他吗？他是内森·祖克曼！”

听到这个，那个警察瞪着眼前这个戴着黑墨镜、拿着黑色雨具的家伙，一脸的茫然厌倦。

“著名作家祖克曼，”佩普勒提醒他。

1 美国著名综艺节目秀。

“哦，是吗？那他都写了些啥呀？”那个警察问道。

“你开玩笑的吧？内森·祖克曼写了些啥？”就在佩普勒兴高采烈地高调宣布祖克曼的第四本作品时，那匹健壮有力、皮毛光滑的马虽然训练来是对付群体骚乱的，却突然后仰，警察不得不拉缰绳才镇住它。

“从没听过这本书，”说完这个，那个警察突然掉转马头，趁着绿灯亮起，一路帅气地骑回坎贝尔那边去了。

“他们常说的‘纽约之精华’[1]，夸的肯定是马。”佩普勒话里带着鄙视。

街对面，他们看到J. K. 卡兰弗德正在采访一个小个子，他刚从出租车里出来。“叫迈纽尔什么的，那个赛马骑手。”佩普勒说道。看到他没带他那美艳动人的老婆，那个舞蹈演员一起来，佩普勒还觉得挺惊讶的呢。

那个骑手之后，又来了一个满头白发的绅士。他穿着一身黑色西装，一件黑色马甲，板着个脸，一本正经。卡兰弗德问他问题，他也只是哀怨地摇摇头，一句话都不说。“这是谁呀？”祖克曼问。

1 纽约之精华（New York's finest），一般指纽约警察（NYPD）。

他是一个专打黑社会官司的律师，最近刚刚从联邦监狱获释。不过在祖克曼看来，他全身深褐色，就跟刚从巴哈马群岛回来一样。

在接下来的几分钟里，每有一个人来哀悼，卡兰弗德和他的随行工作人员都会上去搭腔，佩普勒也都一一向祖克曼介绍他们姓甚名谁。

“你可真有两下子，阿尔文。”

“这样你就觉得有两下子啦？你还没见我在‘聪明下注’上的表现呢。今天这些只是‘冰山一角’。休利特才需要后台操作呢。每周日，沙克曼过来给我答案时，有一半的时候我都得纠正他们的说法。一个人，我只要见过一面，一辈子都不会忘。世上任何人，只要报纸上登过他的照片，我就知道他是谁，不管是竞选教皇的红衣主教还是比利时空难中罹难的空姐。我那记性呐，过目不忘。我只要记住了，即便自己想忘都忘不了。真应该让你见识见识那三周的我，我为周四而活着。‘这家伙太恐怖了，他什么都知道。’他们在节目上就是这么介绍我的。对他们来说，这只是一个鬼扯的大骗局，用来骗骗无知的观众。悲剧的是，这碰巧又是事实。至于那些我不知道的事情，我可以学。你只要给我看一遍，我就能学会。这就好像一按开关，大量信息自然而然就来了。比如说，我能告诉你历史上所有包含‘九八’的年份里发生的事情。大家都知道一〇六六年[1]，但是他们知道一〇九八年发生了什么吗？大家都知道一四九二年[2]，但是大家知道一四九八年都发生了什么吗？萨沃那柔拉在佛罗伦萨被处以火刑，德国纽伦堡有了第一家典当铺，瓦斯科·达·伽马发现了通往印度的航路。但是知道这些干什么呀？这些到头来对我来说有什么用呢？一五九八年莎士比亚写了《无事生非》，朝鲜海军将领李舜臣发明了装甲舰；一六九八年造纸技术传入北美，利奥波德元帅把正步走和铁推弹杆引入到普鲁士军队之中；一七九八年，卡萨诺瓦去世，金字塔大战使拿破仑成为埃及的新主人。我还能这样说一天一夜呢，但是这对我来说有什么用呢？如果这些知识注定要白白浪费的话，学它还有什么用呢？那时，新泽西州的人们会因为我而开始尊重知识，尊重历史，尊重生活，而不是守着他们那些愚蠢、狭隘、偏颇的观念！而现在呢？现在你知道我应该在哪儿吗？我应该在街对面，我才是J. K. 卡兰弗德那份工作的合适人选！”

他望着祖克曼，眼神充满渴望，那是一种希望得到认同的渴望。看着那个眼神，你好像除了说“没错”就没什么好说的了。

“你不觉得吗？”

1　诺曼征服。

2　哥伦布发现新大陆。

要对这样充满激情的请求说不，祖克曼可做不出来。“我觉得可以呀，”他说。

“哦，老天。内森，你能不能帮我个忙？你能不能花点时间看看我写的东西？我希望你跟我说实话。这对我很重要。不是我的书，而是我写的其他一点新东西。”

“什么？”

“嗯，说实话，文学评论。”

“你没告诉过我你还是文学评论家呢。”祖克曼轻声说。

又是祖克曼式的笑话，佩普勒立马被逗乐了，甚至鼓起勇气回应了一句。“我以为你早就知道了呢，所以你昨天晚上才想拍拍屁股走人，逃之夭夭呢。”不过他看见祖克曼表情严肃，一言不发，马上又说：“内森，开玩笑的。我出来时就意识到你可能有正事，有约会，必须要离开。我吃了你的冰激凌，一晚上都深受其苦。不，不要担心，我不是什么文学评论家。当然我有自己的好恶，有些批判我的确不吐不快，不过我不是评论家，起码不是正式的。不过，我昨天确实听说《纽约时报》的评论员名单要有大的变动。这对你来说肯定早就不是什么新闻了，不过我确实是昨天晚上才知道的。”

“什么大变动？”

“戏剧评论员好像要被炒了，书评家估计也干不久了。这事儿已经酝酿了好久。”

“是吗？”

“你不知道？”

“不知道。”

“你真不知道呀？嗯，是珀尔马特先生写信告诉我的。他跟《纽约时报》的老板苏兹贝格在一起。他认识他们全家人。他们一个教区的。”

珀尔马特？他就是佩普勒想象中制片人帕泰的绅士老爸是吧？他还认识苏兹贝格？这部小说可真行。

“那你想接手那份工作了？”祖克曼问。

佩普勒脸红了。“没有，没有，我只是借这个机会掂量了一下自己是不是能做这个工作。‘我应该会再多学习学习，做好准备，或许哪天机会就来了。’我经历了这么多，竟然没有愤世嫉俗，还跟个傻瓜似的，相信美国是一片充满机遇的土地，这让我自己都觉得奇怪。不过，我又能怎么想呢？我曾两次为国出征，对这个国家了如指掌。不光是流行音乐，其他比如说运动、过去的广播、俚语、谚语、广告、有名的船舶、宪法、大战役、经度纬度，所有这些，你报出名字，只要是跟美国有关的，我全都知道。并且根本不需要兜里揣小条。它们全都在脑子里呢。我之所以对这个国家抱有信仰，其中一个原因就是在这里，任何一个人，不管之前败得多惨，只要坚持，只要有自信，仍然能够获得成功。历史上这种例子多了，比如说尼克松，他的故事难道不值得我们感叹吗？关于那个骗子，我在书里写了整整十五页呢。同样的还有讨厌鬼约翰逊，要是没有李·哈维·奥斯瓦德，林登·约翰逊还不知道在哪儿呢？说不定还在参议院衣帽间卖房子呢。”

奥斯瓦德？阿尔文·佩普勒刚刚是不是提到了李·哈维·奥斯瓦德？昨天晚上那个人给他打电话的时候，还顺便把鲁比，大白痴杰克·鲁比称作美国新的守护神了呢？对了，他还间接提到了希尔汉·希尔汉[1]了。我们有一位伟大的领袖，罗伯特·肯尼迪，但是那个疯狂的阿拉伯混蛋却杀了他。这些都在祖克曼的笔记里呢。

该走了。

哪里有危险呢？到处都是警察吧？不过在达拉斯总统遇刺时也到处都是警察吧？

哦，难道《卡诺夫斯基》的作者，现在在美国的地位都能与总统相提并论了？

“……我的书评。”

1 Sirhan Sirhan (1944—)，据称是暗杀罗伯特·肯尼迪的凶手，被判终身监禁。

“什么？”祖克曼没听到刚才的一段，心跳也加快了。

“我昨天半夜才开始写的。”

就在你给我打完电话之后，祖克曼想。没错，没错，我面前的这个家伙就是绑架我母亲的家伙，要不然还会是谁？

“我还没涉及小说本身，这些只是第一印象。要是你觉得文字过于理性——这点我也意识到了——只是因为，我在作品中尽力不说那些大家当然都知道的废话。也因为，与其说这本书讲述的是你的人生，也可以说它同样也代表了我的人生。”

所以说，评的是祖克曼的书。真会挑。该走了，别管什么奥斯瓦德和鲁比了。狮子带着《弗朗西斯·麦康伯短促的幸福生活》[1]的书评找到海明威时，也就是离开丛林回家的时候了。

“这里我指的不单单是纽瓦克。自不待言，它对我个人有非凡的意义。我的意思是……心理纠葛。”说到这儿，他脸红了，“可爱的犹太小男孩的心理纠葛。我猜想每个人都会以自己的方式与那本书产生共鸣。这就是它这么轰动的原因之所在吧。我想说的是，我要是有足够才气写本小说，那肯定是一本像《卡诺夫斯基》那样的。”

1　海明威的短篇作品，其中有关于猎狮的情节。

祖克曼看了看表。“阿尔文，我必须得走了。”

“那我的评论呢？”

“你何不邮寄给我呢？”该离开街道，回到书房了。该把那些书从箱子里拿出来了。

“但是我的书评就在这儿啊。”佩普勒从衣服里面胸前的口袋里拿出一个小的线圈笔记本，迅速找到那一页，并递给祖克曼看。

祖克曼身后有个邮筒。佩普勒又把他逼在一个邮筒边上，跟昨天晚上一样。对了，昨天晚上！那个男的是个疯子。盯着我不放啊。戴了一副黑色墨镜，这人到底是谁呀？我！他认为他是我！

强压着把笔记本扔进邮筒、扬长而去的冲动，祖克曼，虽然身为社会名流，享有充分的人身自由，却也只能低着头开始看。说真的，他这一辈子都在看书，难道看书还能对他造成什么威胁不成？

评论的标题为“新泽西的马塞尔·普鲁斯特”。

“迄今为止我才刚刚开了个头，”他解释道。“不过你要是觉得开局还不错的话，我今天晚上就在帕泰家把它写完，这样到周五珀尔马特就能把它拿给苏兹贝格看了。”

“我知道了。”

佩普勒也看出来了——祖克曼不相信他，所以急忙给他消除疑虑。“内森，有好多比我更混蛋的人还在做文学评论呢。”

嗯，这一点祖克曼倒是不反对。佩普勒这么一调侃，把祖克曼逗得哈哈大笑。他本来就挺爱笑的，这一点书迷可以作证。就这样，祖克曼倚着邮筒，继续往下看，反正再看一页也死不了人。

佩普勒字写得很小，漂亮整洁，一丝不苟，但却不能给人热血沸腾的感觉。而且，文不如其人。

虽说小说不同于自传，但我坚信，所有小说在某种意义上都植根于自传之中，尽管小说与真正发生的事件关联不大，有时甚至没什么联系。但毕竟，我们的生活经验造就了我们本身，而这里所说的生活经验不仅包括我们所亲身经历的事情，还包括我们私下想象的事情。作者不知道的事，他自然就没办法写出来，因此，读者必须允许他运用自己的素材。但是照搬自身经历写，也存在诸多危险：或许缺乏硬朗气势；容易沉迷自身往事；极力想为自己的待人处事之道辩驳。然而，若所写事物与自己的现实生活产生了距离，则要么模糊自身经历，要么强化之。我们大多数人都很幸运，经历被模糊了；但是对作家来说，假如他们要是能坚持先自己领悟明白，然后再把这些事情公之于众，这种经历就被强化了。

祖克曼还没开口——不过他倒也不着急说什么——佩普勒就开始

解释他的写作方法了。“在对书的内容作出评价之前，我先探讨了一下自传性的问题。内容我今天晚上再弄。我都想好了。我其实是想发展自己的文学理论，出一本佩普勒版的《什么是艺术?》。这是俄罗斯作家列夫·托尔斯泰的作品，其英文版于一八九八年首次出版。你怎么了?”他看到祖克曼把笔记本递给了他，就这么问道。

“没什么。挺好的。开头不错。”

“你糊弄我的吧。”他打开笔记本，看着自己的笔迹，那么整齐，那么明了，任何一个老师都想不到这竟然是出自一个总是坐在教室后排的笨手笨脚的小孩之手。

“到底哪里有问题?你得告诉我。要是写得那么烂，我才不想让苏兹贝格看呢。我要听实话。我这一辈子都在为真理而奋斗，而受难。求你了，不要拿好听的哄我，也别编瞎话骗我。到底哪里有问题?我只有知道了才能吸取教训，才能提升自己，重振旗鼓!”

不，他确实没抄别人。不过跟抄也差不了多少，很明显，他把《纽约时报》和列夫·托尔斯泰的作品放在一起，胡编乱造、乱煮一通，最后成了这么一锅粥。那是在半夜，最后几声恐怖的吆喝声之后，我会不遗余力地避免暴力，可是假如我觉得自己受到了威胁，那我就要干出被威胁的人要干的事了。这些都清清楚楚写在祖克曼的笔记本上。

“写得不烂，一点都不烂。”

“不对！你知道它很烂！只不过告诉我烂在哪里。你要不告诉我原因，我怎么能长进呢？”

“呃，”祖克曼口气软了下来，“我觉得吧，语言不是很简洁，阿尔文。”

“你觉得它不简洁？”

祖克曼摇了摇头。

“这样很不好吗？”

“不，不是，当然没有‘很不好’……”祖克曼语气尽量柔和，尽量表现得善解人意。

“但也不怎么样，是吧？好吧。我知道了。那我想表达的那些思想观点怎么样呢？写作方面的问题，要是有时间的话，我写下一稿的时候可以继续润色。你要是觉得有必要，还可以请戴梦得小姐帮忙修改一下。不过这些思想，这些思想本身……”说着又把笔记本交给了祖克曼。

“这些观点……”祖克曼语气很严肃。街对面，J. K. 卡兰弗德——而不是阿尔文·佩普勒——正在采访一位老妇人。那位妇人瘦小憔悴、端庄清秀，拄着一根拐杖。她是赛拉塔利的遗孀？还是她老妈？祖克曼想，我要是那位妇人多好啊。只要不用探讨这些“思想观点”，做什么都行。

虽说小说不同于自传，祖克曼默默读道，但我坚信，所有小说都在某种意义上植根于自传中。尽管有时候小说与现实生活之间关联……

“别管什么写作技巧了，”佩普勒说。“这次只看文章的观点就行了。”

祖克曼盯着笔记本，两眼茫然。他听到狮子对海明威说：“只看文章的思想观点就行了。”

“写作技巧和思想观点我都看过了。”他把手抵在佩普勒胸前，轻轻向前推了他一下。他也知道，这不是什么好办法，但除了这个他还能做什么呢？这样一推，他就从邮筒旁边抽身而退了。祖克曼再次把笔记本递给他。佩普勒跟被人用斧头砍了一样。

“然后呢？”

“什么然后？”祖克曼说。

“事实！我们现在讨论的是我的人生，关系到我能不能重新来过，我必须得知道事实！”

“嗯，事实是”——话刚说一半，祖克曼看到汗水顺着佩普勒脸颊淌了下来，又重新考虑了一下，结果就变成了……“可能作为评论刊登在报纸上是可以的。”

“但是呢？内森，你话里藏了个大大的‘但是’。但是什么？”

祖克曼数了数弗兰克·坎贝尔那边有几个扛枪的警察。四个在地面上巡逻，两个骑着马。“嗯，既然你问了，在我看来，你根本不用深入沙漠，爬到个柱子顶上也能想出这些‘思想观点’[1]。”

“哇哦，你还真是直言不讳！你那本书呢，可真不是横空出世，这是肯定的咯。我的意思是，它极尽讽刺之能事。哇哦！”他一边说一边用笔记本拍手掌。

“阿尔文，你听我说。说不定苏兹贝格特别喜欢你的评论呢。我知道我们两个的评判标准完全不同。你不要因为我这么说，就不让珀尔马特拿去给他看。”

“不！”他失望地说。“说到写作，你才是权威呢。”还一边把笔记本插回到衣服内侧口袋里，那样子就跟把刀往自己胸口刺一样。

“并不是所有人都同意这个观点。”

“不，不！别跟我说那些你很渺小卑微的废话。每个领域都有自己的权威，谁是谁不是我们一清二楚。”然后他重新掏出笔记本，开始用另一只手使劲拍打它。

1 祖克曼此处所指应为“圣人西默盎（Saint Simeon Stylites）”在柱顶修行三十七年，后常有基督教苦行者仿效。

“那么，关于作家应该克制自己，不要在彻底领悟之前泄露秘密公之于众那句呢，那句怎么样？”

讽刺家祖克曼还是没说话。

“那个也很烂？”佩普勒问道。“不要一副屈尊降贵的样子，告诉我！”

“它当然不‘烂’。”

“但是？”

“但是它让人觉得为了追求效果太勉强了，你不觉得吗？”祖克曼说这话的时候，特别严肃，一点儿也没有文人的屈尊俯就。“我怀疑它是不是值得你费那么大劲。”

“你这么说可就错了，这句话一点儿也不勉强。这些文字自然而然就出现了。这一行说什么也不能抹掉，一个字都不能动！”

“可能这就是问题所在了。”

“哦，我明白了。”他边说边一个劲地点头。“我是写得轻松了也不行，写得费力了也不行。”

“我只是在说这一句话。”

“我明白了，明白你的意思了，”他恶狠狠地说。“你的意思是，泄露秘密那句显然是最烂，最差劲的。”

“也许苏兹贝格跟我看法会不一样。”

“去他的苏兹贝格！我没问苏兹贝格！我问的是你！总结一下你跟我说的：一、写作技巧很烂；二、思想观点也很烂；三、我最得意的那句最烂。你就是想跟我说，像我这样的凡夫俗子从一开始就不应该斗胆对你的书指手画脚。你只看了初稿中的一个段落，就得出这样的论断，难道不是吗？”

“不是，你为什么这么说？”

“不是，你为什么这么说？”佩普勒模仿着他的语气说。现在，他早把眼镜摘了，摆了一副臭脸给祖克曼。“不是，你为什么这么说？”

“别这样，阿尔文。毕竟是你说你想听实话的。”

“毕竟。毕竟。”

“好吧，”祖克曼说，“你要听全部事实吗？”

“没错！”佩普勒满脸通红，眼睛里冒着火，睁得巨大。“但我要的是公正客观的事实！而公正客观的事实是，你之所以能写出这本书，是因为你命好！要什么有什么，而那些命没那么好的人，就写不出来了！公正客观的事实是，你书中所描写的那些困惑，其实都是我生活中的困惑。你是从我这偷去的——这点你很清楚！”

“我怎么了？我偷什么了？”

“我洛蒂姨妈告诉了你表亲爱西，她告诉了你妈，你妈又告诉了你。你就是这样知道我，知道我的过去的。”

哦，该走了!

现在是红灯。为什么每次需要绿灯的时候绿灯都不赏脸? 既不想再给出评论，也不要再做写作辅导了，祖克曼转身离开。

“纽瓦克! ”身后传来佩普勒的声音，直入耳膜。“你这个整天围着妈妈转的小毛孩，你对纽瓦克了解什么呀? 你那本书我他妈也看了! 对你来说，纽瓦克意味着星期天坐在市中心的中餐厅里吃中国炒菜! 意味着在学校里表演伦尼-莱纳佩[1]印第安土著生活! 意味着看马科斯叔叔[2]穿着内衣，半夜给小萝卜浇水! 意味着看尼克·埃藤[3]在芝加哥熊队打比赛! 尼克·埃藤! 白痴! *白痴*! 纽瓦克是什么，是黑鬼佩着刀! 是婊子有梅毒! 是瘾君子在你们家门廊拉屎，是把一切烧成平地! 拉丁佬治安团团员用卸胎棒猎杀黑人! 纽瓦克早就破产了! 纽瓦克是一片废墟! 纽瓦克碎石狼藉，污秽满地。你要是在纽瓦克买辆车，就知道纽瓦克是什么样了! 关于纽瓦克，写十本书也不在话下! 为了你的辐射轮胎，他们能割破你喉咙! 为了一块宝路华手表，能把两只睾丸都割下来! 要是你的鸡巴是白的，他们也能把它

1 又被称作“特拉华人 (Delaware)”，指散布在北美大西洋沿岸的印第安部落联盟。

2 出自英国儿童电视喜剧片《马科斯叔叔》，由大卫·施耐德主演，风格类似《憨豆先生》。

3 Nick Etten (1913—1990)，美国职业棒球大联盟球员，曾效力于费城费城人队和美国纽约扬基队。

割下来玩！”

绿灯亮了。祖克曼朝骑着马的警察走过去。“你这个笨蛋！在那里抱怨老妈待在纽瓦克，不能跟着你一天三次给你擦屁股！纽瓦克早完了，你个白痴！纽瓦克是第二个衰亡的罗马，这里的人都是一群野蛮人！你在曼哈顿东区过着金贵的日子，你懂啥呀！你妈的毁了纽瓦克，偷了我的生活……”

经过昂首阔步的马儿和目瞪口呆的人群，经过J．K．卡兰弗德、他的摄像人员（“嗨，内森”）和大厅旁边穿着制服的门童，祖克曼进到了举行葬礼的大厅。

大厅很宽敞，颇有百老汇剧院电影首映之夜的架势：不管是赞助人还是观众都盛装出席，人们谈笑风生，和气融融，就好像第一幕就是个满堂彩，而这戏也必然能红极一时似的。

祖克曼刚躲到一个没人的角落，一个年轻的葬礼承办人就穿过人群向他走来。祖克曼之前就见过这个家伙，通常都是在下午，看见他透过车窗玻璃跟送棺材的说话。有一天晚上祖克曼还看见他抽着烟，领带也松着，打开侧门等候尸体的到来。当领头抬担架的人被门槛绊了一下，麻袋里的尸体微微一颤，祖克曼立马想起了他父亲。

这个年轻的葬礼承办人下巴宽厚，身材壮实，声音堪比男高音。

这次为了“王子”赛拉塔利的仪容瞻仰仪式，他还戴了一朵康乃馨，穿了一件晨燕尾服。“请问您是祖克曼先生吗？”

“是，什么事？”

“我能为您做什么吗？”

“不，不用！谢谢。我只是来致意的。”

祖克曼胡子都没刮，看起来实在不像是来参加悼念活动的。不过那个伙计还是点了点头，至于他心里是不是真相信就是另外一回事了。

“先生，您要是愿意，待会儿可以从后门走。”

“哦，不用了。只想镇定一下。我没事的。”

祖克曼盯着殡仪馆的大门，跟一堆黑社会成员、有前科的骗子还有其他社会名流一起等着大门开启。你可能会真以为他跟肯尼迪、马丁·路德·金似的，真有人要刺杀他呢。不过对于佩普勒来说，他不也正和前面的那两位一样吗？奥斯瓦德扣动扳机，在报纸上炒得沸沸扬扬之前不也什么都不是吗？而且这不只是说说的。你以为他们是因为愚昧无知，或饱受欺凌吗？是因为神志不清还是更让人敬畏？他的动机更加“意味深长”吗？不！砰砰两声，你就完了。这就是这一行为的所有意义。你我天生为敌，只是因为这一点，你就死定了。即便他现在站在一群职业杀手之中，他反而觉得更安全了，当然，要是跟他们长年混在一起对他倒也没什么好处。祖克曼胡子也没刮，穿了一套灯芯绒西服，一件高领毛衣，脚上蹬了一双破破烂烂的绒鞋，这身打扮很容易让人觉得他是个爱管闲事的新闻记者，而不是一个还得为期末考试赶着学习的人。特别是现在他正忙着一边在弗兰克·E·坎贝尔殡仪馆宣传手册背面做笔记，一边等着完事大吉，赶紧开溜，就更容易让人误会了。又是一个心里有无数迫切“想法”的作家。

追忆逝水“金曲”。我的咸菜，他的玛德琳蛋糕。为什么偏偏是个文件柜，而不是流行乐的P. 普鲁斯特？他无法忍受写作的枯燥，不过又有谁能受得了呢？记忆力强得让人近乎疯狂，却没有近乎疯狂的理解欲望。毫不分离地沉溺。他的记忆不依附任何事物（除了陀思妥耶夫斯基式的对声名的渴望）。对他来说，没有逝去的年华。他有的只是现在。P记得不曾发生在他身上的事情，普鲁斯特记得发生在自己身上的一切。透过《纽约时报》“人物”版知人识世。又是一个想争先坐在伊莱恩台边席位的人。可是：爱欺负弱小的“自负”，胆大无畏的个性，浑然天成的粗俗，决一死战的癖好——这是怎样的天赋啊！再加上那永不枯竭的精力，那跟捕蝇纸似的什么都记得的大脑……不过让他疯狂的是他的无才。孔武有力，坚忍不拔，殷殷渴望——制片人说得没错，他肯定把全国人民吓个半死。这个你无法见容于客厅的犹太人。约翰尼·卡森会怎么想我？刚刚佩普勒那阵连珠炮似的攻讦到底是怎么一回事？时代精神泛滥？还是纽瓦克的冤家小鬼？要不就是原始部落的诅咒报复？或者是跟我互知底细的人？难道佩普勒是大众版的我？以前幻想别人的人现在成了他人幻想的对象。《真相的报复》——写别人的迷恋是如何表现的，是罩在我身上的一种反魔力。

在人群中，祖克曼瞧见了那个年轻小伙子，负责承办葬礼的那个，他挥手示意他过来。不过，手抬得也不是很高。

他跟那个小伙子说想从后门走，不管后面的地下长廊有多么昏暗可怕，阴冷潮湿。

不过那个小伙子却把他带到了一处大厅走廊，那里灯光明媚，地上还铺着地毯，两侧是一些隔间卧室，也没有食人尸跑出来给他量身高三围。事实上，这里都能当美国国税局的办公室了。

那个年轻的向导指了指他自己的卧房说："先生，您能不能稍等一下？我去桌子上拿点东西。"他回来时手里拿了一本《卡诺夫斯基》。

"先生，您能不能……"

"签给约翰·P. 德里斯科尔。"

"哦，您真是太好了。"

祖克曼在第五大街叫了辆出租车。"班克街。给我踩足了！"司机是个黑人老头，可能听到他说了黑话，心里乐了，车子开得破天荒地快，把他送到了目的地。不过，这段时间却也足够祖克曼思量他跟劳拉之间针尖对麦芒的对话了。我可不想再听你说这三年来我有多无趣来打击我了。你没有无趣啊。我没办法让你觉得开心了，内森。就这么简单。我们是在谈论夫妻生活吗？那就来吧。这个，没什么好说的。我们两个床上功夫都没问题。这一点我相信我们两个都有人证。至于其他，我不想再听了。你现在这种样子把你弄得都忘了我有多么让你生厌。你所谓的我“态度冷淡”让你觉得烦；我讲故事的方式让你觉得烦；我的对话，我的想法让你觉得烦；我的工作让你觉得烦；我的朋友让你觉得烦；我的着装品位让你觉得烦。我的做爱方式让你觉得烦，而不跟我上床让你觉得更烦。我不觉得你做爱的方式烦人啊，一点都不。但是肯定有什么让你觉得烦，内森，在这种事情上你总是有办法让别人明白你的想法。你要是觉得不满意，你绝不仅仅是——用你自己的话说——“态度冷淡”。我不该那么说你，对不起。没什么，那是你的真实想法。内森，别装了。你都被我烦死了，你需要一种新的生活。我错了，我需要你。因为你我才成功的。我爱你。哦，不要说这些头脑发热的话来瓦解我的决心。这段时间我过得也挺艰难的。我希望最困难的时候已经过去了。必须得过去！我可没法儿再过一遍开始几周的那种日子。唉，一开始的那几周是没法过，现在的这几周也一样，将来的日子我也不想如此度过。你必须得学会适应。你可别想着吻我、抱我，再也别说你爱我了。你要是那么做，我就得把你从我的生活中彻底抹掉了。但这就是答案，不是吗？你可能认为这是在“瓦解你的决心”，但是劳拉……一次就够了，谢谢！听别人说“你不行”一次就够了。可能分开这件事会让你受点苦头，但我一点都没变。我还是那个“不行”的人。我极其理智、情绪稳定、很少波动，你甚至可以说我情绪压抑。我依然是个工作狂，说话面无表情，有助人为乐的基督教情怀，这些对你来说都是“不行”的。我依然是你所谓的“美德骗局”。我不该那么说你的，我其实更多地是在生自己的气。其实都一样的，是吧？归根结底就是说我“无趣”。我也不该那么说你的。劳拉，我犯了个可怕的错误，说你的那些话都大错特错了。不是，你很清楚那些话一点儿都没错。你的前两个老婆都很黏人，还一天到晚哆哆嗦嗦，所以你才觉得我合适非常。我从不哭哭啼啼，从不疯疯癫癫，从不欣喜若狂，从不在餐厅或者聚会时大吵大闹。和我在一起，你能集中精神，完成工作，活在你自己的小世界里。我有自己的事业，甚至都不在乎要不要小孩。我从来都不需要你哄，也不用逗你开心，当然早上玩起床游戏时那几分钟的打情骂俏除外。我曾经特别享受那几分钟，内森，我喜欢你叫我罗蕾莱。即便后来你不再喜欢跟我玩起床游戏了，也不那么叫我了，我还是一如既往地喜欢，但这些都是过去的事了。你现在要求我脱胎换骨，完全变成另一个人。我没有，我只想要你。让我说完。你责备我说我是个态度冷淡、乐善好施、盲目乐观的特权阶层新教徒[1]，从来不说心里的想法。你让我一次说完以后就再也不用说了。你想要以一个全新的自己示人，这也是你工作需要。你那本书写完了，我们在一起的日子也就结束了。你才不想再回到以前那种日子呢，你现在之所以想回到过去，是因为现在除了你那本书大红大紫之外，你的生活中还没什么新鲜事。可是，一旦你有了新的生活，你就会明白，我不再回到你身边才是正确的选择。你都写了那样一本书了，不走也得走。这也就是写那本书的意义所在。

劳拉把话都说到那个分上了，他还怎么跟她争辩？她说的话句句在理，又那么真诚，而他自己的观点却那么虚伪，那么不堪一击。他只能寄希望于劳拉想不出那些话来反驳他，不过以他对劳拉的了解，这种可能性很小。哦，那个勇敢清醒、严肃善良的罗蕾莱啊！可是，是他甩了她的。原因就是那本讲述主人公如何冲破束缚获取自由的书。

到了班克街，考虑到司机在西区高速公路上的勇敢表现，祖克曼

1 原文 WASP，指祖先是英国新教徒的美国白人（White Anglo-Saxon Protestant），亦泛指美国当权的精英群体及其文化、习俗和道德行为标准。

给了他五美元的小费。其实，给一百块他也很乐意，他回家了。

不过劳拉还没有。他把门铃按了一遍又一遍，一会儿跑到隔壁，一会儿又从楼梯口下到地下室，不停地大声敲门。那个退休教师罗斯玛丽从猫眼里盯着他看了很久，才给他开门。

劳拉去宾夕法尼亚州的艾伦伍德监狱了，她去找道格拉斯 · 马勒商量他假释的事。罗斯玛丽跟他说这话的时候，一条链子还搭在锁上呢，说完才极不情愿地开门让他进来。

艾伦伍德是一所安全级别很低的监狱，联邦政府关在这里的都是一些非暴力罪犯。道格拉斯是劳拉的一个客户，他本来是耶稣会信徒，离开教区是为了不受"神职人员"的庇护反对征兵。去年祖克曼跟劳拉一起去看他的时候，他还向祖克曼坦白了离开的另外一个原因：教会派他去哈佛学习中东语言，而他在那里失去了处子之身。"你要是走在剑桥[1]的校园里，不戴罗马领[2]，这种事情是会发生的，"道格拉斯说。道格拉斯一般只在参加支持凯撒 · 查韦斯[3]或是反战游行时，才

1 哈佛大学所在城市。

2 神父脖子上戴的白色硬领习惯上叫做罗马领，神父在不穿长衫的时候也会把罗马领戴在普通的衬衫上。现在的神父大都不穿长袍，而穿衬衫和西裤，白色的罗马领就成了他们身份的标签。

3 Cesar Chavez (1927—1993)，墨西哥裔美国劳工运动者，也是联合农场工人联盟的领袖。

戴罗马领，平时他只穿工作服和牛仔裤。他二十五岁左右，有点害羞，却又善解人意，是个典型的中西部地区人，一双浅蓝色的眼睛亮晶晶的，而他对自己从事的这项提倡自我牺牲克己奉献的事业所倾注的全部心血，活脱脱都在那双眼睛里了。

道格拉斯从劳拉那里得知祖克曼的一部小说即将杀青，上次去看他的时候，他就跟这位小说家讲了许多趣闻轶事，主要关于自己还是个中学生时跟手淫这一恶习进行的不懈斗争。他龇牙咧嘴，羞愧脸红，给祖克曼回忆了自己在密尔沃基的往事。有时候早上起床第一件事就是去忏悔，痛陈自己前一晚的无度，可没过一个小时，他就又来忏悔了。不管是今生还是来世，都没什么能帮他。冥想耶稣受过的苦难没用，来世复活的承诺也没用，耶稣教学校那个牧师虽然同情，也很无奈，最后一天之内只肯赦免他一次。道格拉斯几个最精彩的故事，经过祖克曼加工，融合自己的过往，变成了书中卡诺夫斯基的生活，卡诺夫斯基从小生活在新泽西州，被犹太教的手淫问题困扰，而道格拉斯是长在威斯康星州，从小受天主教折磨。《卡诺夫斯基》出版后，祖克曼曾把带有他亲笔签名的书寄给道格拉斯，而他却回了一张便条，简洁明了，话中充满怜悯之情："告诉可怜的卡诺夫斯基，我为他祈祷。道格拉斯·马勒神父。"

"她明天就回来了，"罗斯玛丽说道，她说这话的时候站在门边等着内森走，感觉好像内森是强行闯到门厅这里的，而她不能容忍他继续横冲直撞了。

罗斯玛丽家客厅的柜子里放着劳拉的材料。有一次联邦调查局的人破门而入，由于她的保护，那些东西硬是没被他们搜去，从此以后，这个孤独的老太太的生活总算有了点意义。而同样的，在这三年里，劳拉也是像女儿一样照顾罗斯玛丽：陪她去配镜验光，带她去做头发，帮她戒了安眠药，她七十大寿时还给她做了个很大的生日蛋糕……

祖克曼发现自己得坐下来才行，他想起了那个长长的好事清单，还有那个列出这张清单的好女人。

虽然不情愿，罗斯玛丽也坐了下来。她现在坐着的椅子，原是他搬走之前书房里的丹麦椅子，他以前都是坐在那张椅子上读书的。她脚边的那个摩洛哥软椅，也是他搬到郊外以前的那把。

“内森，你的新公寓怎么样？”

“孤独，很孤独。”

她机械地点了点头，其实她才不在乎他的回答是什么呢。“那你工作呢？”

“工作？糟透了。根本就没工作。已经好几个月没工作了。”

“那你那美丽动人的母亲怎么样了？”

“天知道她怎么样了。”

罗斯玛丽的手经常都是一颤一颤的，现在显然因为祖克曼的回答变本加厉。她看起来让人觉得她饮食特别不好。有时候她吃晚饭的时候劳拉必须得到她家来跟她坐在一起吃，只是为了确保她真的吃了点东西。

“罗斯玛丽，劳拉怎么样了？”

“她挺担心小道格拉斯的，她又为他假释的事去找科赫议员了，不过看起来希望也不大。道格拉斯在那边监狱心情也不大好。”

“在那里心情想也好不了。”

“这是一场不可饶恕的罪恶之战。每次看到这场战争给我们国家年轻的精英造成那么大伤害，我就想哭。”

劳拉把罗斯玛丽改造成一个反战激进分子了——这可不是件容易的事。罗斯玛丽有个单身汉哥哥，是个空军上校，已经去世了，受她哥哥影响，她以前还订阅约翰·伯奇会[1]的宣传手册看呢。现在她却藏着劳拉的文件，担心着那些反战人士的安危。她现在把祖克曼当作……当作什么呢？不过罗斯玛丽·迪特森对他的看法又有什么大不了的呢？

1 美国一个保守的反共团体。

“劳拉不在担忧道格拉斯的时候怎么样？她其他方面怎么样？”

他听到了谣传，说有三个反战运动中的大官正在猛追劳拉：一个是心肠特好、德高望重、英俊潇洒的慈善家，最近刚离婚；一个是留着络腮胡子的民权律师，据说他不用陪同就可以在哈莱姆[1]任何角落来去自如，也是最近刚离婚；还有一个是个和平主义者，魁梧健壮，外向健谈，刚随戴夫·德林杰[2]从河内回来，还没结过婚呢。

“你给她打电话是在害她呀。”

“害她？”

为了不让手抖，她抓住自家椅子的扶手——其实是祖克曼的椅子——还穿了两件毛衣保暖，即便现在是五月，天气暖和，她旁边还放着个电暖器。祖克曼还记得劳拉跑出去买这个东西呢。

要说出下面这番话，对她来说挺不容易的，但她鼓足勇气，讲了出来。“你怎么就意识不到你每次在她家答录机上留言时，你又把那个可怜的小姑娘拉回到两个月以前了呢！”

这突如其来的指责着实让祖克曼吃了一惊。“有吗？我怎么拉她了？”

1 美国纽约著名的黑人区。

2 Dave Dellinger (1915—2004)，美国著名非暴力反战主义者，1968年作为芝加哥七君子（另有说法是八人）重要成员，以煽动暴乱罪的罪名被审判。

"内森，你可不能再这样了。你抛弃了她，这是你的事。不过现在你得让她过自己的生活，别再折磨她了。你做了那些事后还给她打电话——请让我说完……"

"你就说吧，"祖克曼说，其实他并无意打断她。

"我其实不想插手这件事的。我只是个邻居。算了，这也不关我的事。"

"什么不关你的事？"

"嗯——就是你书里写的那些事。我也知道像你这样声名卓著的大作家才不会听我这种小人物的话呢……不过，你对劳拉做的那些事……"

"什么事呀？"

"你在书里写的那些关于劳拉的事。"

"关于劳拉？你是说卡诺夫斯基的女朋友？"

"别再躲在那个'卡诺夫斯基'的面具后面了。别用这种东西把事情搞复杂了。"

"罗斯玛丽，我不得不说，你都在纽约教了三十年英文了，竟然不知道魔术师和魔术之中的区别，这太让我意外了。你是不是连哪个是任人操控的玩偶，哪个是表演木偶戏的人也区分不出来？"

"也别跟我来尖酸讽刺那一套。我虽然老了，但你也得尊重我。"

“但是，难道你真的觉得劳拉——我们所认识的劳拉——跟我书里描绘的那个人有什么共同之处吗？你难道真的相信书里那些事真的发生在隔壁我们家吗？事实根本就不是那样的。”

她轻轻摇了摇头，不过罗斯玛丽可不是那么好敷衍的。“我不知道你们的生活是怎样的，不过，你比她大七岁，已经结过三次婚了，经验丰富，你的想象力肯定也很丰富。”

“你这么想可真的就有点傻了。难道不是吗？难道过去三年你还不了解我吗？”

“我觉得我真不了解，或者说我不了解现在的你了。我过去认识的内森彬彬有礼，温文尔雅，讨人欢心。”

“你说的是弄蛇人[1]吧。”

“随你怎么说。你的书我看了，一直看到我反胃。毫无疑问，以你现在的名声地位，金钱能力，你喜欢的女人肯定也有不少很欢喜你。但是劳拉已经挣脱了你的咒语，你必须放手，不要再想把她骗回来了。”

“照你这么说，我更像斯文加利[2]，而不是卡诺夫斯基。”

1 此处祖克曼玩了个文字游戏。有魅力的、讨人欢心的人（charmer）和用音乐让蛇起舞的人（snake charmer）字面重合。

2 英国小说中的人物，用催眠术可以使人唯命是从。

“你一边在电话里求她‘劳拉，劳拉，给我回电话’，结果一转身她就在报纸上看到这些报道了。”

“什么报道？”

她递给他两份剪报，就放在椅子旁边的桌子上。

我知道，我知道，其实你不过是想打听打听明星的那点事。**唉，内森·祖克曼**和**西泽拉·奥谢**仍然是曼哈顿最秀色可餐的一对。**安德烈·谢维茨**及夫人**玛丽·谢维茨**举行晚宴那次，他们两个就在一起，其间相谈甚欢。同时参加的还有**凯·格雷厄姆**[1]和**威廉·斯泰隆**[2]，**托尼·兰德尔**[3]和**伦纳德·伯恩斯坦**[4]，**劳伦·巴考尔**[5]和**戈尔·维达尔**[6]。

第二份就更夺人眼球、添油加醋了，跟他记忆中的情形完全不同。

1 Kay Graham (1917—2001)，当时《华盛顿邮报》女总裁。
2 William Styron (1925—2006)，作家，代表作《苏菲的选择》。
3 Tony Randall (1920—2004)，美国著名喜剧演员。
4 Leonard Bernstein (1918—1990)，美国作曲家、乐队指挥和钢琴师。
5 Lauren Bacall (1924—2014)，美国著名女演员，好莱坞老牌女星。
6 Gore Vidal (1925—2012)，美国小说家、剧作家和散文家。

复式小楼里，歌舞频频，笙歌不断：风流才子祖克曼，性感佳人奥谢……

“全部都在这儿啦？”他问她。“谁想得这么周到，把这些剪下来给劳拉看的？是你吗，罗斯玛丽？在我的记忆中，劳拉本人对这些粗俗小报没有浓厚的兴趣。”

“你受了那么好的教育，写作又那么有天赋，父母又都是知书达理的人，你怎么能对劳拉做出那种事呢？”

他站起来准备走。这太荒谬了，这一切太荒谬了。曼哈顿可能也不过是另外一小片森林，自己的尊严竟被奥布朗和伯克[1]之流玩弄于股掌之中，而且还是自己拱手相让的！在这里跟这孤苦无助的老太太争论，把她当作造成他现在这个样子的替罪羊……不能这样，他也绝对没有必要再继续说下去了。

“我跟你说，”他继续道，“我从来没有做过伤害劳拉的事。”

“你要是还住这条街上，听听别人是怎么传她闲话的，我估计你自

1 奥布朗，伯克，森林：这些说法均来自于莎士比亚的《仲夏夜之梦》。奥布朗身为仙王，伯克是其心腹，并替奥布朗搞出很多恶作剧。而故事主人公拉山德和赫米亚面对严格的清规戒律，誓死追求爱情，毅然决定私奔的情景就发生在森林里。

己都不会这么说了。”

“你指的就是这个？别人的闲话？都有谁在传？送花的？还是杂货铺的人？要么就是点心店里的那些女士？不要理他们，”他劝说道，“劳拉就是这么做的。”对于这一点，他确信劳拉做得比他自己都好。“我生来又不是为了给杂货铺的人提供道德参照标准的，连我可爱的爸妈都不敢这么要求我。这一点劳拉也会同意的。”

“这就是你的解释？”罗斯玛丽生气地说，“你真的觉得像劳拉这么一个漂亮善良的年轻女子情感上不会受伤吗？”

他们两个越说嗓门越大，内容也越来越难听，就这样又吵了十分钟。祖克曼所置身的世界变得越来越愚蠢，而他整个人也是如此。

她站起来走到窗前，是要看着祖克曼离去，永远从劳拉的生活中淡出。他爬上水泥楼梯，急匆匆地朝阿伯顿广场的方向去了。不过，走到一个拐角他又突然折回来，返回到劳拉的公寓里——或者说他们两个的公寓——去了。自从他搬出去已经有五个来月了，不过他还把这公寓的钥匙带在身边。

“家！”他大叫一声，直奔卧室。

跟他走的时候一模一样！墙上贴着的反战海报、后印象派画家的作品，床上铺着的还是拼接的那种褥子，那还是劳拉她奶奶做的呢。

那张床！就是在那张床上，他对劳拉表现得极其冷淡！就好像他成了卡诺夫斯基，跟他一样执迷不悟！那本书影响了那么多读者，就好像作者本人必须得首当其冲。罗斯玛丽也许是对的，根本就没有什么魔术。

下一站，卫生间。他们家的复印机还在那里，这复印机可是他们这个三角家庭的第三个成员呢。浴盆旁边有个废纸箱，祖克曼从里边抽出一张纸来，在干净的那面写了这样一行字：我爱你。我们讲和吧。写好后复印了十份。不过当他拿着那十张纸走到自己过去的书房时，却发现地板上有个睡袋，摆放得整整齐齐，旁边还有个背包，上面用钢印写着 W. K. 。他本以为这里空空如也，还指望着在不久的将来能赶紧把自己的桌子椅子全都再运回来呢。睡袋旁边有个书架，他还以为书架肯定很空，还想再把自己的书重新按字母顺序排列，放回到那书架上，没想到那架子也不完全是空的，上面叠放了一打平装书。他一本一本浏览了一遍，迪特里希 · 潘霍华[1]、西蒙娜 · 薇依[2]、达尼洛 · 多尔奇[3]、阿尔贝 · 加缪……他打开衣柜，除了一件皱巴巴的浅灰

1 Dietrich Bonhoeffer (1906—1945)，德国神学家。

2 Simone Weil (1909—1945)，法国圣女哲学家、社会活动家，神秘主义思想大师。

3 Danilo Dolci (1924—1997)，意大利社会活动家、教育家、诗人，倡导非暴力运动，被称为“西西里的甘地”。

色夹克和一件白色衬衣，什么也没有。他过去常常在这个柜子里放一叠一叠的打印纸，还有他的衣服。他把衬衣拿出来放在灯光下，想看看他的“后继者”肩膀有多宽，却才发现衣柜里有个罗马领。

一个牧师代替了他的位置。W. K. 神父。

他走进劳拉的办公室，看到她的办公桌和书架都收拾得整整齐齐。他还想看看关于神父的事，是不是自己多想了，说不定电话旁边还摆着他的照片呢。没有。他把那十张纸撕成碎片，揣到口袋里。现在，他再也不用担心劳拉来烦他了。要是他的“后继者”也跟他一样是个堕落的家伙，他可能还会跟他斗上一斗，可是他绝对不是这么个神父的对手。想必又是一个跟邪恶力量做斗争的年轻人，跟道格拉斯·马勒一样。他可不想等劳拉和 W. K. 神父从艾伦伍德监狱看道格拉斯回来时撞见他。就他这些问题，他们两个哪里会当回事儿呢？他哪里会当回事呢？

他用劳拉的电话打给自己的接听服务公司。他们两个过去总觉得有人在窃听劳拉的电话，不过现在他已经没什么秘密怕人家窃听了，他的事全都被伦纳德·莱昂斯写在报纸上了。他只是想看看绑匪有没有再打电话来说赎金的事，看看佩普勒这次是不是还在装腔作势，有没有打开天窗说亮话。

只有一条留言，是他表亲爱西，她听起来挺焦急的。急事。立刻打电话给我到迈阿密海滩。

看来他母亲真的被绑架了，就在那个早上，那个他跑出去散心，欺骗自己说这只是阿尔文·佩普勒的恶作剧的那个早上！像他这种身份地位的人，怎么能坐以待毙地等着绑匪再打电话来，怎么能跟个傻子似的瞎等着呢？于是，真的发生了。他母亲真的被绑架了，而且这都是因为他！因为他的“身份地位”！因为他那本书里的主人公！

而这件事情竟然发生在她身上！不是卡诺夫斯基的母亲，而是他自己的母亲！她不过是个平凡的女人，相夫教子，这种事情怎么会发生在她身上呢？外公专横残暴，她对他非常害怕，唯唯诺诺；外婆孤苦无依，她对她关爱有加，孝顺备至；父亲严厉苛刻，她对他忠心耿耿。忠贞不渝有什么了不起。即便是双手被绑在身后，她的衷心也不曾改变。（祖克曼想象着此刻他母亲的双手被绳子绑在身后，嘴里塞了一团破布，双腿被铐在地上插着的木桩子上面。）有无数个夜晚，听她丈夫不厌其烦地讲他一贫如洗的童年，母亲连一个哈欠都没打过，也没抱怨过，更没有大声发作：“不要再讲你和你爸在帽子厂的故事了，再也不要了！”从来没有过，她要么织毛衣，要么擦银器，要么翻领子，就这样，一句怨言也没有，她听丈夫讲他在帽子厂九死一生的经历，听了总有一百遍了。他们一年只吵一次架。母亲每次想把冬天用的厚地毯收起来，父亲总说她卷地毯的方法不对，应该把它卷到沥青纸里边，结果最后就吵闹起来，哭天抹泪了。当然是父亲大声吵闹，母亲在流眼泪。除了这件事，她从没有违抗过他，不管他做什么，都是对的。

而绑匪竟然绑架了这样一个女人！

早在亨利还是个婴儿的时候——大概是一九三七年——有个卡车司机曾对她吹过口哨。那时候是大夏天。她坐在门前台阶上跟孩子们在一起。那个卡车司机停下车来，对她吹口哨。祖克曼永远不会忘记，他当时骑着三轮小车，看到母亲把太阳裙的裙摆往下拉，一边还咬着嘴唇不让自己笑出来，当时空气中还弥漫着亨利奶瓶中的奶味。晚上吃饭的时候，她把这件事告诉了丈夫，而他当时往椅子后背一躺，开始哈哈大笑。他老婆那么招人喜欢吗？这也太抬举他了。男人喜欢她的美腿？为什么不呢？那可真算一双傲人的双腿。当时内森还不到五岁，这事让他颇感震惊，不过祖克曼医生显然觉得这不是什么大事，他坚信：只要是他老婆，根本就没有“红杏出墙”这个概念。

但是，世上那么多人，这种事就偏偏发生在她身上了。

有一次，他母亲头上戴了一朵花去参加一个派对，当时他肯定有六七岁了，这件事就让他耿耿于怀了好几周。

还有什么？她还做了什么错事让她受这种苦？

她的小妹，西莉亚就死在他们家。当时，西莉亚姨妈刚做完一个手术，来他们家休养。祖克曼至今都还记得，他母亲扶着姨妈在客厅活动，西莉亚穿着浴衣，拖着拖鞋，病怏怏地躺在母亲的怀里，骨瘦如柴，简直吓人。当时西莉亚姨妈刚刚从师范学校毕业，即将在纽瓦克当音乐老师。不管怎么说，这可算是人人梦寐以求的差事了。她是她们家最有天赋的孩子。可是，做完手术后，她双手无力，连自己吃饭都困难，更别说弹钢琴了。从书橱到收音机那里，几步路她都得歇好几歇，先是靠在沙发上，然后是双人沙发，最后是他父亲的安乐椅。但是，她要是不在客厅走动走动呢，又会得肺炎死去。“再来一遍，亲爱的西莉亚，再来一遍我们就结束。”他母亲总是这样说，“每天运动一点，很快你就能强壮起来，过不了多久，你就能痊愈了。”活动完之后，西莉亚就上床睡觉了，而他母亲呢，则会把自己锁在浴室里哭。到周末的时候，是他父亲陪她运动。“走得非常不错，西莉亚，这才是我们的好姑娘。”祖克曼医生总是把他奄奄一息的小姨子揽在怀里，哼着《宝贝，除了爱，我什么都不能给你》，声音很轻柔，也很愉悦。他见人就说他妻子在葬礼上“是个勇敢的战士”。

这个女人她哪里知道人类野蛮凶狠的一面呢？她又怎么能容忍这些残暴野蛮？切、捣、砍、磨，只在厨房里她才接触这些概念。要说暴力，她只有在做饭时才会运用些许。除此之外，一片祥和。

她既有父母姐妹，也有老公孩子。除此之外还有什么呢？“一无所有，”她会第一个这么说。有这些也就足够了，这些已经够她忙活的了。

她还哪有心力来对付这样的事?

但没人绑架她。其实是他父亲的冠心病。“没时间了，快点！”爱西告诉他。回到第八十一大街时，他在入口发现邮箱中有个马尼拉纸质的大信封悬在外面。他回去本来是想收拾收拾，去纽瓦克和他兄弟碰头，然后乘去迈阿密四点钟那个航班。几周前，他在自己邮箱里发现一封信，没有邮戳，由人工寄送，写给2B公寓的“犹太佬”。那之后，他就把邮箱上自己的铭牌拿了下来，取而代之，放了一个只有自己名字首字母缩写的铭牌上去。最近他还在考虑要不要把首字母缩写也去掉，就让那个地方留白，但他终究是没那么做——因为他不愿意那样。

信封上面有人用红色记号笔竖着写了一行“盛大帕泰国际”，字迹很潦草，里面则放了一块缠成团的湿手绢，这手绢不是别的，正是昨天晚上佩普勒吃完祖克曼的三明治之后，他拿给他擦手用的那块。除此之外，没有其他文字。要说还有其他什么信息的话，也就只有那股相当明显、异常刺鼻的馊臭味了。这也就是佩普勒跟吉尔伯特·卡诺夫斯基有着相同“纠葛”的证据所在了（如果这还需要证据的话），这也正是祖克曼的书从佩普勒那里偷素材的证据吧。

第四章

天使，望故乡[1]

1 “天使，望故乡”是弥尔顿的诗句，也是托马斯·沃尔夫一部小说的书名。

床头桌上放着一叠五分复印件，每一页都是林登·约翰逊在任总统期间祖克曼医生寄给他的抗议信。和写给休伯特·汉弗莱[①]的不同，他写给约翰逊的信有厚厚一叠，用宽皮筋扎着，差不多有《战争与和平》那么厚。相比之下，他给汉弗莱的信少之又少，寥寥数语里极尽挖苦嘲弄之能事，显然，相比当年他大受“美国人争取民主行动组织”追捧，他在祖克曼医生的心目中的地位已经今非昔比了。多数时候，汉弗莱收到的不过是一行藐视之语加三个叹号。而且还写在明信片上，这样每个恰巧看到的人都知道这位副总统已经变成什么样的懦夫。但是对于美国总统，尽管这位总统傲慢、愚蠢又混账，祖克曼医生还是努力以礼相待。用有抬头的信纸；一有机会就提罗斯福；为了阐明他的反战观点，他还会借用《塔木德》上的智慧，或是早已过世的老姑娘麦克墨菲小姐的高见，虽然他有些引述显然还欠考虑。祖克曼一家都知道（因为一九五九年内森·祖克曼在《高等教育》集中那个同名故事，世人也皆知了），麦克墨菲小姐是他八年级时的老师。一九一二年，她跑到祖克曼医生的父亲——一个血汗工人——那里，要求把聪明的小维克托送去读高中，而不是送进当地的帽厂，维克托的哥哥就在那里干活，一天十四小时，摧残自己的手指。结果，正如世人所知，她成功了。

虽然林登·约翰逊既没有时间也缺少——用祖克曼太太的话来说——“起码的礼仪”来给这位身在病中的坚定的佛罗里达州民主党人回信，但祖克曼医生仍然大约每两天就对着妻子口述三到四页信，向总统讲授美国历史、犹太历史和他的个人理念。中风之后，他开始前言不搭后语，似乎对发生在自己房间里的事情都一无所知，就更不知道他的头号敌人尼克松正在椭圆形办公室搞破坏了。不过，后来病情又慢慢好转，医生告诉祖克曼太太，他的意志力是个奇迹。梅茨先生常常来看望他，给他朗读《纽约时报》。一天下午他艰难地告诉妻子，他想把家里轮椅旁桌子上的信夹拿到身边来。此后，她开始坐在他身旁一页页地翻着信纸，这样他就能够看到自己以前所写的一切，

1 Hubert Humphrey (1911—1978)，林登·约翰逊在任期间的副总统（1965—1969）。

并且活下去继续写信。应他的请求，她开始让前来查房的医生护士看信。慢慢地，他越来越清醒，甚至开始“重振雄风”。一天下午，梅茨先生刚离开一会儿，祖克曼太太来换班的时候，他又陷入昏迷，不得不紧急送往医院。祖克曼太太回过神的时候，发现自己已经拿着信夹在救护车里了。“任何东西，任何东西，”她后来告诉内森她当时的念头，“任何能让他活下去的东西。”祖克曼想知道，如果只面对她自己，她是否会说，“够了，结束吧，我再也没办法看他遭罪了。”

但是，她是她，祖克曼是祖克曼。她是他的妻子，二十岁起，丈夫就想她所想；祖克曼却是他的儿子，还不到二十岁就开始为自己的每个想法和父亲抗争。飞机降落的时候，祖克曼想起了二十年前的夏天。那年八月，他即将离家去上大学；那年八月，天闷热得如同他父亲一样叫人窒息，在令人窒息的家里，在围着纱窗的后阳台上，他一口气读了三千页托马斯·沃尔夫。“他相信，从此他是自己命运的主宰；他相信，山峦环绕世界的中心；他相信，这是个不可抗拒的时刻，是所有混乱无章的偶然事件孵化出了这次无可避免的必然事件，来增添他的生命容量。”不可抗拒。无可避免。“噢，没错！”快要窒息的内森在他那本《天使，望故乡》的空白处这样写道。他并没有意识到，如果不是在后阳台而是在自己主宰的生命里遇到不可抗拒的、无可避免的事情，这两个振聋发聩的否定形容词听起来就不那么振奋人心了。十六岁的他只想成为托马斯·沃尔夫那样的浪漫天才，逃离小小的新泽西和那里所有肤浅粗俗的人，投向深刻、奔放的艺术世界。但事实证明，一切依然如影随形。

内森抵达的那天夜里，整整一夜，他父亲的病情时“好”时坏，第二天白天的大多数时候也是。有时候祖克曼医生醒过来，祖克曼太太会觉得他在朝床边信夹里的信点头，于是认为他还有话想对新总统说。祖克曼心里寻思，他还有能力想吗？她自己也有些神志不清了——过去的二十四小时里她没合过眼，过去的四年里她睡得也不多——与其和她争辩还不如附和她更容易些。于是，祖克曼从公文包里拿出一个黄色拍纸簿，用印刷体写上“停战”，并在下面用自己的笔迹签上“维克托·祖克曼医生”。但是看到这页字，他父亲没有任何反应。祖克曼医生不时发出难以分辨的声音，不像说话更像老鼠在吱吱叫。这很糟糕。

黄昏时分，祖克曼医生又已经昏迷好几个小时，住院医生把内森叫到一边，告诉他他父亲只剩几个小时了。医生说，他会悄无声息地离开，但医生没有内森和他家人那么了解他父亲。事实是，临终之际，就像幸运的你——或者不幸的你——也可能会经历的那样，弥留之人睁开了眼睛，似乎突然间看到了所有家人，看到他们都在一起，于是他和在场的所有人一样，知道到底发生了什么事。这，也很糟糕，甚至更糟糕。他虚弱、模糊的眼神愈发涣散，视线里的人影扭曲有如哈哈镜中的影像。他的下巴颤抖着，不是因为无法言语，而是因为意识到所有努力都已付之东流。他的一生是不懈努力的一生。身为维克托·祖克曼意味着凡事都不懈怠。白班、夜班、周末、晚上、假期——任何一个工时都毫不懈怠，当他的儿子也差不多是这样。

他醒过来的时候，围在他身边的有亨利、内森、他们的母亲、表妹爱西和善良友好的家庭新成员梅茨先生——梅茨先生是爱西的丈夫，七十五岁的退休会计师，他从不涉足他们由来已久的家庭纷争，从不为任何事指责任何人，大多时候只想着打桥牌。每个人只能和祖克曼医生共处五分钟，不过内森是内森，主治医生为他破了例。

大家聚拢在一起，低头看着祖克曼医生惊恐、乞求的眼神。七十四岁了依然我行我素的爱西握着他的手，开始追忆马萨尔街老房子酒窖里的葡萄榨汁机，说起秋天的时候表兄妹们多么喜爱在酒窖里看着祖克曼医生的父亲榨康科德葡萄。她的声音洪亮有力，一如往昔，她说完维克托父亲的葡萄榨汁机开始回忆维克托母亲的杏仁面包的时候，护士过来推开门指了指她的嘴唇，提醒她这里是病房。

祖克曼医生裹在被子里，要不是他长着胡子，要不是三次中风和冠心病在他脸上留下了印迹，他看着完全就是个受了惊吓的四岁孩童，正在听睡前故事。他的灰眼睛透着乞求，直望着爱西，听她讲述二十世纪初他们这个家庭如何在美国开始新生活。年代久远的葡萄榨汁机、初来乍到的美国新孩童、芬芳四溢的藏酒窖、松脆可口的杏仁面包；还有妈妈，令人敬畏却朴实无华的妈妈，会做杏仁面包的妈妈——这些，他都听懂了吗？如果他能想起这一切，想起他在行将告别的一生里曾经拥有过的每一种弥足珍贵的感受——那么，这，是否就是离开人世最轻松愉悦的方式？爱西的告别时间已经用完了，也许她自己很清楚。就算不清楚，她也从不为此所困。宝贵的时间一分一秒在流逝，但是爱西对细节描述向来不厌其烦，既然她已经在说了，内森也没理由让她停下来。再说，他再也无法控制任何人了——他连自己都无法控制了。过了一天半了，他终于也潸然泪下。他父亲身上插满了软管：往肺里送氧的，从膀胱导尿的，往血管里滴葡萄糖的；但没有一根软管能让结局有丝毫改变。有那么一会儿，他觉得自己才像四岁孩童，因为他有生以来第一次发现自己的保护神也会那么无助。

“你还记得马尔基什叔叔吗，维克托。”

在爱西看来，无家可归的捣蛋鬼马尔基什也是家里的活宝；但是在祖克曼医生（和他大儿子——参见《高等教育》）眼里，爱西才是。马尔基什叔叔白天为他们粉刷房子，夜里睡楼梯间，后来有一天收拾东西穿着工作服去了中国上海。之后，但凡家里有孩子捧回一张 B 以下的成绩单，他们就会对他说：“长大了你会成为另外一个马尔基什。”如果你想离开新泽西去中国，那就得设法进一流学校的东方学系，而不是没出息地拎着油漆桶和油漆刷去。在这个家里做事情，你要么别做，做了就得好好做，最好成为牙科博士、医学博士、法学学士或者哲学博士之类的人。祖克曼医生有那样任劳任怨做杏仁面包的母亲和那样坚定执著榨葡萄的父亲，身为他们的儿子，他确立了这个规矩。

飞机上，祖克曼看完了一本有关宇宙形成和生命演化的平装通俗读物，作者是美国航天航空局的科学家，近来每周在电视上讲授一次基础天文学，并因此声名鹊起。他在纽瓦克机场和亨利碰面一起飞往迈阿密，候机的时候他买了这本书。在前去给父亲送终的途中，也许看看他自己箱子里的好些书都比看这本更有意义，但他一时没法拿书就空手离家了。再说，那些书和他父亲有什么关系呢？假如那些书对于父亲意义重大，就像它们对于学生时代的他那样意义非凡，那么他所拥有的就是不一样的家，不一样的童年，不一样的人生了。因此，他没有思考那些伟大的思想家对于死亡的见解，他想他自己的。三个小时的航程里，他要想的事情太多了：安顿母亲未来的生活，回顾父亲的一生，探究自己复杂情感的由来。《复杂情感》是他的第二本书，这本书带给他父亲的困惑丝毫不比他的处女作《高等教育》少。情感怎么会复杂？在他的孩提时代，情感的确不复杂。

祖克曼联系到亨利的时候，他刚参加完蒙特利尔的会议回到办公室。亨利还不知情，祖克曼告诉他——“似乎就这样了”——的时候，他发出了有生以来最痛苦的啜泣声。这就是祖克曼在这次旅途中不需要任何励志读物的另一个原因。他还有个小弟弟要照顾，一个情感脆弱却不愿表露的小弟弟。

但是亨利出现在机场时看起来一点都不小，他身着黑色条纹西装，手拿公文包，包上缀着姓名首字母，包里装着打算补看的牙科期刊。祖克曼心里有点失落，他不必鼓舞弟弟了；这种失落也让他感到些许可笑——还有些许诧异，在这次飞往南方的航班上他原本计划照顾一个十岁的孩子——结果他阅读了万物的起源。

轮到他和父亲告别了，他没有重提祖母的杏仁面包。祖母的杏仁面包棒极了，但是爱西描述之详尽已无人能及，因此祖克曼打算和父亲解释他前一天刚读到的大爆炸理论。他要努力让父亲明白万物在燃烧中周而复始循环了多久，也许家人也会明白。行将辞世的不仅只是一个父亲，一个儿子，一个表兄，抑或一个丈夫，而是整个世界——不管这能带来什么样的安慰。

那么就一起回到祖母还不会做杏仁面包的时候吧。甚至回到祖母还没出生的时候。

“我在飞机上看一本关于宇宙开端的书。爸爸，你听得见吗？”

“别担心，他听得见，”爱西说。“他什么都能听见。他这一辈子把什么都看在眼里。对吧，维克托？”

“不是世界，”内森看着父亲探寻的目光说，“是宇宙。科学家们现在认为宇宙形成于一百亿到两百亿年以前。”

他轻轻地把手放在父亲的臂膀上。简直不可能——手臂上什么都没有了。小时候，祖克曼兄弟经常开心地看着他们的父亲假装从拇指里吹气，然后鼓起臂上的肱二头肌。现在，它们都消失不见了，爸爸那圆鼓鼓的肱二头肌，就像孕育了宇宙的原始氢能蛋那样了无踪影了……是的，尽管祖克曼渐渐觉得自己在明目张胆地做蠢事，一个自命不凡、百无一用的教书匠在做蠢事，他还是喋喋不休：有一天，原始氢能蛋达到了上千亿度的高温，然后爆炸了，就像一个喷发的火炉，当即生成了后来宇宙中的所有元素。“所有这一切，”他告诉父亲，“都发生在宇宙产生第一天的最初半个小时里。”

祖克曼医生脸上没有半点惊讶。他为什么要惊讶？创世纪第一天的最初半个小时和他一生最后一天的最后半个小时有什么关系？

噢，杏仁面包好多了。温暖，实在，贴近维克托·祖克曼的生活，也契合犹太家庭临终告别的场景。但是爱西之为爱西，絮叨杏仁面包是她的选择；而他之所以是他，不管有多傻，这都是他的选择。继续吧，内森，当一回父亲的父亲。最后一次机会，告诉他他尚不明白的东西。最后一次机会，让他换个角度看世界。你会改变他的。

“——从此宇宙不停向外扩张，因为大爆炸所产生的冲击力，星系全部向外逃逸。宇宙不断膨胀，将持续膨胀五百亿年。”

此时，父亲还是没有回应。

“继续，他在听着呢。”爱西发话。

“我担心，”他轻轻告诉她，“即使精神焕发的一个人，这一切也不好理解……”

“别担心，接着讲。我们家族的人永远比你想象的聪明。”

“我同意，爱西特[1]。我刚刚想到的是我自己的愚蠢。”

“对着他说，内森。”他妈妈流着泪发话了。“爱西，我求你，别添事了，起码今晚别。”

内森望向床的另一侧。他弟弟亨利紧握着父亲的一只手，也泪流满面。他看起来一点都没有想和父亲告别的样子。是无法言说的深爱爆发了，还是压抑已久的仇恨在继续？亨利是那个比较优秀的儿子，但要当好儿子是要付出代价的，或许这只是祖克曼个人的看法。在祖克曼家所有男人里，亨利个子最高、肤色最深、容貌最帅。他是个皮肤黝黑、气质阳刚的沙漠男子，他的基因仿佛没有跟着“大离散”四处奔

1 指爱西。

波，直接从朱迪亚[1]传到了新泽西，这在他们宗族也是绝无仅有的。他有轻柔悦耳的嗓音和最温柔、最文雅、最符合医生身份的举止，他的病人总是无一例外地爱上他。他也会爱上某些病人。这只有祖克曼知道。大约两年前，亨利半夜驱车到纽约，打算穿内森的睡衣在内森的书房过夜，因为他再也无法忍受和妻子同床共枕。看到卡罗尔脱衣服睡觉，他想起了（他没理由忘记）几个小时之前和他在新泽西北部一个汽车旅馆里宽衣解带的病人的裸体，于是他在凌晨两点逃到了纽约，匆忙得连塞在鞋里的袜子都没来得及穿上。他一夜没睡，一直对着哥哥讲述自己的情妇，祖克曼听着，觉得他就像十九世纪伟大的通奸文学作品里某个不幸的小情人，饱受思念的煎熬。

清晨七点，卡罗尔打来电话，那时亨利还在倾诉。卡罗尔全然不知自己做错了什么，一个劲乞求他回家。祖克曼拿起分机，听到亨利在哭、卡罗尔在求。“——你想要奶奶客厅里的植物，我就给了你植物。有一天，你说小时候在莱克伍德度假的时候用蛋杯盛过鸡蛋，第二天一早我就把水煮蛋用蛋杯盛着端到了你面前。你就像个孩子，这

1　Judaea，古巴勒斯坦南部地区。“大离散”包括《圣经·新约》中犹太人于纪元前 586 年被巴比伦人赶出朱迪亚。

样一件小事都让你如此甜蜜，如此欢欣，如此满足。你总等不及莱斯利快快长大，好叫他‘儿子’。你压根就没等。你常常和他一起躺在地板上，让他轻咬你的耳朵，你则幸福得飘上了云端。晚饭时间，你常常冲着门外喊：‘儿子，回家，吃饭了。’你也冲着露丝喊，还冲着埃伦喊。我一说晚饭做好了，你就跑去喊他们。‘宝贝女儿，过来，吃晚饭。’每次露丝用小提琴拉《小小星星亮晶晶》，你，你这个傻瓜，就会流泪，你是那么开心。莱斯利告诉你一切物质都由分子组成，你听了是那么自豪，你整晚不厌其烦地和打进电话的每一个人说这事。噢，亨利，你是世界上最温和、最文雅、最善良、最叫人心疼的人，又是最单纯、最容易满足的人……”

于是，亨利回家了。

最温和，最文雅，最善良。责任。慷慨。忠诚。每个人都这样评说亨利。我想，如果我有一颗亨利那样的心，我也不会伤害它。也许，做个这么好的人本身就让人感觉很好。除了那些感觉不好的时候。但那最终还是会让人感觉很好。自我牺牲嘛。

他们不再是从前那样的兄弟了。

有只手轻轻地搭上了内森的肩膀——是爱西那衣冠楚楚、晒得黝黑、善良好心的丈夫。“把故事讲完，”梅茨先生轻轻说。“你讲得很好。”

刚才他停了下来在看他情绪激动的弟弟，现在他笑了笑，向梅茨先生保证他会继续。这是梅茨先生第一次把祖克曼所说所写的东西称为“故事”。他称祖克曼的短篇小说为文章。“你妈妈给我看了你登在杂志上的文章。不错，不错。”他以见人就夸著称，而爱西则以拆别人台闻名。祖克曼每次飞来佛罗里达探望父母都想看上一出他们的表演。如果加上他父亲，三个人就可以巡回演出了：他父亲因狂热追随而出名，在他的追捧名单上罗斯福位居第一，紧随其后的有罗斯福夫人、哈利·杜鲁门、戴维·本-古里安[1]和《屋顶上的小提琴手》的作者们。

“你文采熠熠，”梅茨先生低声说，“你能言善道。你能说出每个人的心思。”

他的视线回到父亲身上：没有向死神靠近，但离生命也很远。“爸，听我说，如果你还听得见的话。”内森对着他微笑，看不到也总是有些价值的吧。最后的微笑。“爸，有这样一个理论——不知道你能不能听懂……”

爱西说：“他能。”

“有这样一个理论，五百亿年之后，一切都不会消亡，能量用完之

1 David Ben-Gurion（1886—1973），以色列第一任总理。

后所有光亮都不会消失，引力会掌控一切。引力的力量，”他重复了一遍，就好像引力是父亲在东奥兰治的孙儿之一，父亲对其无比熟悉，宠爱有加。“临近结束的时候，一切开始收缩，缩回中心。你跟得上吗？这也将持续五百亿年，直到一切都缩回最初那个蛋，缩回宇宙最初源起的那个压缩点。你看，在那里，热量和能量重新积聚，然后爆炸，另一次大爆炸，炸出一切，这是新一轮的掷骰子，新一轮的创世纪，和以前的全然不同。如果这个理论是正确的，宇宙将一直这样周而复始。如果这是正确的——我希望你能听到，竖着耳朵听，这是我们想告诉你的……”

“那正是他所需要的，”梅茨先生说。

“如果这是正确的，那么宇宙已经在周而复始：五百亿年膨胀，五百亿年回缩。想象一下。宇宙不断重生、重生、重生，永无止境。”

此时，他没有告诉父亲这个理论的漏洞，一个他在飞机上已经得知的致命的大漏洞：宇宙物质的密度稍小了一点，不足以支撑引力在最后的火光熄灭之前发挥其友好可靠的力量来阻止膨胀。如果不是因为这一点，宇宙也许真的可以永无止境地循环往复。但是，据他兜里的那本平装书说，目前他们还找不到所需要的证据，看起来宇宙无止境循环的可能性并不大。

但这一点父亲不需要知道。宇宙物质密度不足，祖克曼医生所不知晓的（也是内森希望他知道的）讯息之中，“宇宙物质密度不足”大概是最无足轻重的了。不需要了，这样就够了，是与不是，科学与艺术，还有父与子，都已经就够了。

这原本可以成为内森和维克托·祖克曼生命中一个新的篇章，但每个到过这里的人都知道，迈阿密比斯坎医院冠心病护理病房不是戈达德空间研究所。

祖克曼医生真正去世是在第二天早上，但他留下临终遗言却在此时。一个词。轻得几乎听不见，但他已竭尽全力。他说：“杂种。”

谁？林登·约翰逊？休伯特·汉弗莱？理查德·尼克松？上帝？那个少赐予了宇宙一点点物质，每立方英尺的空间少给了一小颗氢原子的上帝？抑或是那个没能让自小学之后就化身热忱道德家的祖克曼医生安享健康长寿晚年的上帝？但是，他留遗言的时候既没看信夹，也没抬头仰望看不见的上帝，而是直视着他叛教的儿子。

葬礼让人饱受煎熬。一来天太热。迈阿密公墓上空，太阳高悬，阳光火辣辣地直射在祖克曼身上，耶和华的圣光就未曾这样照耀过他。要是犹太葬礼的仪式都是关于这个日头的，那或许他还会更投入一些，而不仅仅是为了照顾他母亲的感情。从空调车上下来之后，两个儿子就不得不扶着母亲前行，穿过一排正在喷洒的喷水器，走向墓地。六年前，祖克曼医生就买了两块墓地，一块给自己，一块给妻子，同一星期，他还在港滩退休村买了一套公寓。一到墓地，她的腿就软了，不过自从丈夫生病之后，她日渐消瘦，到现在只剩一百来磅了，亨利和内森扶她站着，毫不费力。直到灵柩落地，他们才躲进阴凉之处。祖克曼听到爱西在身后对梅茨先生说："不管他们说什么，言词、布道、引语，一切终究还是结束了。"先前下车的时候，她曾转身对着祖克曼这样总结他父亲的这趟灵车之旅："你乘车，却看不到风景了。"是的，只有爱西和他两人还会开口说些什么。

祖克曼、他弟弟和拉比是葬礼上最年轻的人，其他佝偻在那里的人比他们老好几十岁，要么是他父母在港滩退休村的老年邻居，要么是父亲在纽瓦克结识的老朋友，退休之后也住佛罗里达。其中有些人甚至是一战前祖克曼医生在中心医院的儿时玩伴。他们中的大多数人祖克曼只在小时候见过，那时他们的年纪就跟他现在差不多。听着他们熟悉的声音，看着一张张下垂、松弛、起皱的脸，祖克曼心想，要是我还在写《卡诺夫斯基》就好了。这些声音勾起了他多少往事——查尔顿街的澡堂、莱克伍德的假日、鲨鱼河水湾的垂钓之旅！葬礼开始之前，每个人都过来拥抱他。没人提起《卡诺夫斯基》，也许根本就没人看过。这些退休的推销员、商人和工厂主一生经风历雨，什么样的考验都经历过，只有把一本书从头看到尾，始终做不到。这无妨。甚至年轻的拉比也没对这位作者提起《卡诺夫斯基》。也许是出于对死者的尊敬吧。那更好。在这里，他不是“作者”——作者在曼哈顿。在这里，他是内森。有时候，人生最好的体验莫过于这样的解脱。

他念着哀悼祈祷文。棺木入土之时，非教徒也需要吟诵点什么，比起“朝着消逝之光怒吼吧”，“伊斯戈德尔维伊斯科德什[1]……”对他更有意义。如果世上只有一个人能以犹太人的身份入葬，这个人必定是他父亲。内森最终也许也会愿意以犹太人的身份入葬。总好过波希米亚人[2]。

“我的两个孩子，”他们搀扶着母亲往回走的时候，母亲这样说道：“我的两个高大帅气的孩子。”

在横穿迈阿密城回公寓的路上，他们的汽车恰好停在一个超市外面等红灯，女顾客都穿着背心、短裤和高跟凉鞋，大多是中年人和古巴人。刚刚从死者的退休养老村出来，却一下有这么多细胞原生质曝露在空气中。他留意到亨利也在看。在祖克曼眼里，背心向来很挑逗——像布而不像衣服——但是此刻看到这些女人裸露在外的肉体，

1 希伯来语，哀悼祈祷文的第一句开头，大意为歌颂上帝之名尊贵神圣。

2 常称放荡不羁的文化生活是波希米亚式的。

他唯一能想到的却是父亲腐烂消解的身体。这天早些时候，他们一家人坐进教堂的第一排，留着胡子像极了切·格瓦拉的年轻拉比开始在圣坛上赞颂逝者的美德，从那个时刻起，他就再也没有办法想其他东西了。拉比口中的祖克曼医生不只是个父亲、丈夫和忠于家庭的男人，还是位“心忧天下、战斗不息的政治人物”：他订阅研究了诸多报纸杂志，他费心撰写了无数抗议信，他热情洋溢地投身美国的民主事业，他激情澎湃地致力于以色列人的生存斗争，他因越南屠杀而怒不可遏，他为苏联犹太人忧心忡忡。听拉比说起这一切，祖克曼脑海里只盘旋着一个词：“终结”。体面的说教、压抑的布道、冗余的禁锢、路西法[1]式的正直、赫拉克勒斯式的误解，一切的一切，终结了。

奇怪。全都反了。他从未如此冷漠地审视父亲的一生。他们埋葬的似乎是别人的父亲。拉比描述的根本就不是祖克曼医生。也许拉比只想让他远离《卡诺夫斯基》里的那位父亲，但他的描述让人觉得祖克曼医生就是史怀哲[2]，只不过少了管风琴和麻风病人。但又有何妨呢？

1 Lucifer，基督教系中，堕落之前的撒旦，光明（黎明）之神。

2 Schweitzer（1875—1965），德国人，拥有神学、音乐、哲学及医学四个博士学位。他是一个管风琴大师，还曾和妻子去加蓬创办医院，救死扶伤，1953年获诺贝尔和平奖。

这会伤害到谁？这只是个葬礼，不是小说，更不是末日审判。

是什么让葬礼充满煎熬？是酷热和他们迷茫、无助、瘫软的母亲；是父亲那些老友们看着墓坑时的悲戚眼神，也许一个月、两个月、三个月之后他们也将躺在那里——儿时记忆中那些爱管闲事的壮汉如今已如此脆弱，有些人虽然晒得黝黑健康，但倘若把他们推入墓坑，他们也已无力爬出…… 除了这一切，还有他自己的情感。他并不悲伤，因而愈发煎熬。意外。羞耻。狂喜。而因此愈加羞耻。但他在十二岁、十五岁、二十一岁的时候就已经为父亲的身体悲伤过，他在父亲生前就已尝尽痛失父亲的悲伤。父亲去世，他从悲伤中解脱。

他和亨利登上纽瓦克的班机之后，他似乎更加解脱了。喜悦阵阵涌来，带走他的胡思乱想，他无法解释，也无法控制。这喜悦极可能就是玛丽、安德烈等人在他成名之后希望他能体验到的无上自由。事实上，这喜悦和在佛罗里达四天的煎熬有莫大关系。四天里，他安排葬礼，安顿母亲，心无旁骛，名声和赞誉都抛之脑后。他又做回了自己——稍有不同的是：他不再是任何人的儿子了。忘掉父亲们，他对自己说。父亲们。

也忘掉绑匪。这四天里，没有任何电话留言，那个语气凶恶的拳手没有找过他，稀里糊涂的阿尔文·佩普勒也没有。他的这位老乡是否已经把充满忿恨的敬慕都宣泄在他的手帕里了？这场攻讦就此结束了？抑或他的想象会引来另一群佩普勒，他们从他的小说里无中生有，构建出新的小说——把这些小说伪装成现实本身，伪装成不折不扣的真实过往？瑰丽、崇高的祖克曼催生出大批的祖克曼超级狂徒！一本书，一个原本只存在于封面和封底之间的故事，并没有实现“人文2”课程中亚里士多德说艺术应该做到的事情，让我们明了何为善何为恶，反倒在书页之外演绎出鲜活故事，艰涩难懂、莫名其妙、叫人难以忍受的不成文的故事。噢，要是阿尔文曾和他一起在芝加哥研读亚里士多德，那该多好！要是阿尔文能明白应该是作家令读者感动、悲悯、害怕而不应反过来，那该多好！

他从未如此喜欢飞机起飞。飞机在跑道上如赛车般加油前进，他叉开双腿，感受前进的动力，就仿佛这动力源于自己。起飞那一刹那，他突然想起了倒挂的墨索里尼，那醒目惹眼的场景在脑海里倏然升腾，一如腾空的飞机。他从没忘记头版上的这张照片。他这代年轻美国人有谁能忘记？但在自己那奉公守法、反法西斯、和平非暴力的父亲去世之后，在曾任基尔大街空袭民防队队长、毕生拥护圣约之子会反毁谤联盟[1]的父亲去世之后，怎会想起对墨索里尼这个无耻暴君的报

1 圣约之子会反毁谤联盟：“圣约之子会”是历史最悠久的、服务于犹太人的组织，1843 年在纽约创立，其“反毁谤联盟”是 1913 年成立的。

复？他又想起了自己内心的困扰。

差不多三天三夜了，他一直在想，父亲的临终之言究竟是不是“杂种”。经历了长时间的守夜，他的听觉也许不那么敏锐了。杂种？什么意思？你根本不是我真正的儿子。但这个父亲能那么有洞察力吗，能吗？也许他是从我眼里读到的：爸爸，亨利才是你的好孩子，我不是。不，不，除非是在安全的书房里，否则连我自己也无法洞察到这一点。也许，他说的只是“快点”，催促死神快点动手，就像他曾经催促妻子快点卷起冬毯，催促偷懒的亨利快点做作业。“大点”？不可能。尽管内森宣扬了一番宇宙论，但对他父亲而言，从生到死，广袤的宇宙始终只有两个参照点：家庭和希特勒。你能做得更糟一点，也能做得更好一点。好点。没错！不是“杂种”是“好点”[1]。第一原则，也是最后训诫。不是更多的启示，而是更多的美德。他从来都只会提醒他们要做好孩子。“杂种”只是祖克曼自己的痴心妄想，即便不是他身为儿子的妄想，也是他身为作家的妄想。更精彩的场面，更猛的药剂，“父亲”最终断绝关系的声明。但是，不写作的时候，祖克曼只是个普通人，他也宁愿不要如他想象的那般精彩。卡夫卡曾经写道：“我

1 此段中祖克曼的种种揣度都是因为读音相近：杂种（bastard），快点（faster），大点（vaster），好点（better）。

认为我们应该只读那些会让人又痛又痒的书。如果一本书不能给我们当头一棒，那又何必读它？”这没错，就书而言。但在现实生活里，又何必凭空造出给自己的当头一棒呢？拥护艺术，但谎语癖还是要打倒。

谎语癖？阿尔文·佩普勒。这个词就像一声钟鸣，将汝唤回我身旁[1]。

葬礼后一晚，其他人就寝之后，爱西向祖克曼确证了佩普勒大致的生平。那晚，他俩在她厨房里吃白天招待客人剩下的肉桂蛋糕。自祖克曼记事起，爱西就好吃且嗜烟，在大家看来她会早早地吃进坟墓，抑或抽烟致死。父亲总能找机会训导别人该怎么生活，她就是诸多被训人里的一个。“他常常坐在窗边，”爱西告诉内森，“坐在轮椅里朝楼下停车的人喊话。他们不听他的，只管停自己的。就昨天我还碰到一个女人，因为你家老头，你妈现在都还不敢跟她说话。她是沃克斯博格老太太，辛辛那提人，家产上百万上千万。你妈一看到她就绕道而行。有一天，维克托看到沃克斯博格太太坐在大厅的空调边上想心事，就提醒她挪开点，省得染肺炎。她说：‘拜托，祖克曼医生，我坐

1 此句戏仿济慈《夜莺颂》，原诗句可译作：这个词就像一声钟鸣，将我唤离你身旁，回到孤然的自我。

哪儿不关你的事。’但是，不行，他不接受这个回复。他开始跟她说一九一八年我们的表妹西尔维娅怎样死于流感，她是如何漂亮如何聪慧，她的死给格蕾西阿姨带来什么样的打击。你妈阻止不了他。每次她试着推开他的轮椅，他都大发脾气。她不得不去配安定片并交给我保管，因为一旦被他看到，他就会朝她大吼大叫，说她吃药吃上了瘾。”

“爱西，自从他坐进那张轮椅之后，的确有点过分了。我们都知道。”

“可怜的休伯特·汉弗莱。如果他看了你爸的明信片，我还真同情他，可怜虫。内森，汉弗莱到底能做什么？他又不是总统，越战不是他的主意。他和普通人一样迷茫。但是你没法和维克托说这些。”

“嗯，现在汉弗莱的苦难结束了。”

“维克托的也是。”

“是的。”

“好了，内森——我们向前看吧。你我不是幽谷百合。这次我得弄点内幕消息，你妈不在，不用假装你的小鸡鸡还只用来撒尿。我想听听你和那个影星的事。你们怎么了？你甩她还是她甩你？”

“我全都会告诉你的，但你得先跟我说说佩普勒一家。”

“纽瓦克的佩普勒家？你指的是，他们家儿子，阿尔文？”

“没错。纽瓦克的阿尔文。你知道点什么？”

“哦，他以前上过电视。那些电视智力竞赛，你还记得吗？我想他赢了两万五千美元。《星报》上有过他的大篇幅报道。这已经是多年前的事情了。那之前他在海军陆战队服役。他们是不是授了紫心勋章给他？因为他头受伤了。也可能是脚。不管怎样，他出场的时候，他们都为他放‘从蒙特祖玛的大厅’[1]。你干吗想了解他呢？”

“我在纽约碰到他。他在街上介绍了他自己。从我们那次见面来看，他受伤的是头不是脚。”

“噢，是吗？他疯了？他对他的美国文化应该无所不知。他就靠这个赢奖金的。当然，他们事先给了他答案。那是个大丑闻。有那么一阵，他是全纽瓦克的唯一话题。我和他阿姨洛蒂初一的时候是同学，所以我每星期都跟进他的情况。瞧，其实每个人都在关注。然后他输了。他现在疯了？”

“有一点，我觉得。”

“哦，他们也是这么说你的，你知道。而且说你不是一点点。”

1 海军陆战队军歌歌词。

“那你怎么跟他们说？”

“我说，是的，他得一路穿着精神病人的约束衣去银行[1]。他们就闭嘴了。那个影星怎么样？谁甩的谁？”

“我甩她。”

“白痴。她那么漂亮，而且又那么值钱。看在主的分上，内森，这是为什么？”

“她是很漂亮，也很值钱，但她的信仰和我们不一样，爱西特。”

“我记得以前这一点都不会碍着你，反而怂恿了你，我觉得。那么，你现在又让谁痴狂了？”

“果尔达·梅厄[2]。”

“噢，内森，你这只躲在无辜教授眼镜背后的狡猾的小狐狸。你总那么狡猾，甚至小时候就是。一边是你弟弟，乖乖童子军，一到点就睡觉；一边是你，暗地里想我们都是群笨蛋。但我不得不说，你在这本书里告诉了大众一些真相。我要是你，他们说的屁话我一句都不会听。”

安全带提示灯灭了，亨利往后把座位靠了靠，啜起了起飞时点的

1 英语中有说法“一路笑到银行”，往往指发了意外之财。

2 Golda Meir (1898—1978)，以色列创国者之一，第四任以色列总理，是撒切尔夫人之前的“铁娘子”。

马提尼。不能说他好酒，他其实是在把马提尼当药喝。那天早上他的脸色似乎愈加黝黑，病恹恹的——那种黑不是浪漫性感的黑——就好像脸上抹了煤灰。在祖克曼印象里，十三年前那个周末过后，他弟弟就再没有这样崩溃过。十三年前，亨利在康奈尔读大学二年级。一个周末他回家宣布他要放弃化学转攻戏剧。他刚刚在《夏约的疯女人》里面扮演了拾荒者。这是他大学里尝试出演的第一部戏，演的就是主角，他在饭桌上心怀敬畏地说起两个新的影响他人生的人：一个是曾经在百老汇扮演拾荒者的约翰·卡拉丁，他希望能在舞台上和他一决高下（在容貌上也是——他已经试着减掉十磅了）；另一个是康奈尔版《疯女人》的年轻学生导演狄米。前一年夏天，狄米就把父母在普罗文斯顿的度假屋粉刷好了。他坚信他能叫上亨利一起去那里“演戏”。“什么时候？”祖克曼太太问道，她还在为亨利那么瘦而羞愧。“狄米说明年夏天，”亨利答道，“六月。”

“那切尼克兄弟怎么办？”父亲问。切尼克兄弟是体育老师，也是纽瓦克人，在阿迪朗达克有一个犹太儿童营地，去年和前年夏天，亨利在那里当水上辅导员。切尼克兄弟把这份工作给了年纪轻轻的亨利，是卖了他父亲的人情。“你怎么跟娄·切尼克和巴迪·切尼克交代？”父亲问道。亨利没有回答，像所有一直压抑情感、听话顺从的孩子那样，他脆弱、拘谨却聪慧，这样的问题在伦理课上他也许能振振有词地回答，但对着父亲他不能——他转身跑了。从伊萨卡回来的路上他一直在做最坏的打算——因为害怕这顿饭，他已经食不甘味三天了——他向狄米描述过事情可能有多糟，但现在还没到他描述的一半糟，他就崩溃了。他们两个在寝室彩排过几天，狄米扮演的祖克曼医生像是“李尔王”的缩影，亨利则展示了另一个自己，大胆坦率——亨利扮的是内森。

内森出差到曼哈顿才三个小时就接到电话——他母亲流泪偷偷打的——让他马上回家调解拾荒者和他父亲之间的争端。亨利反锁在卧室里，频频引用狄米的话和辛克莱·刘易斯的《巴比特》；父亲则在客厅，一一列举一九一八年他不可能得到的诸多机会，现在都放在银托盘上，送到亨利的面前。内森跑进跑出传话，直到凌晨三点，他终于让双方达成妥协。有关亨利事业的一切决定都推迟一年再说。亨利可以继续出演学生剧目，但同时必须继续学习化学并履行对切尼克兄弟的“职责”，再履行一个夏天。第二年，大家再坐下来开会权衡……这个会议从来没有召开过，因为那年秋天，亨利和卡罗尔·戈夫——一个他父亲认为“有头脑的”女人——订婚了，从此，约翰·卡拉丁再没被提起过，狄米也是。狄米！在那场激烈的争执中，这个戏剧专业年轻学生的洗礼名被他们的父亲反复念起，就如同不可能有比这更像基督徒或者说更富煽动力的名字了。一九五六年周末晚上那场难忘的家庭战争中，内森斗胆提及保罗·穆尼[1]的大名来据理力争，但父亲一直喊着："狄米！狄米！"就像喊战争口号似的。于是内森明白，即便是保罗·穆尼饰演的聪明的克劳伦斯·丹诺[2]，即便是保罗·穆尼饰演的耐心的路易·巴斯德[3]现身他们家客厅，也无法让父亲相信，在上帝眼里犹太人顶妆上台就如同犹太人身着白大褂给人钻牙一样，没有丝毫荒谬。后来，亨利就遇见了甜美好学的奖学金女生卡罗尔·戈夫，并把自己的犹太兄弟会徽章送给了她——从此争执永远结束了。祖克曼猜想这才是亨利把徽章送给卡罗尔的原因，虽然他知道正式的说法是因为那天晚上卡罗尔献出了她的初夜。开学之后，亨利试着要回徽章，卡罗尔和她的家人极度不安，两周之后亨利改变想法和卡罗尔订婚了。大四那年，亨利试探着解除婚约，结果他们毕业不到一个月就结婚了。不行，亨利就是没法看着这个体贴、细心、忠诚、善良、无私的人儿遭受痛苦，为他而痛苦。他没法忍受自己让任何爱他的人痛苦。那么自私、那么残忍的事情他做不到。

葬礼结束之后的几天里，亨利好几次谈话中途哽咽，结果不得不

1 Paul Muni (1895—1967)，美国剧场、电影演员，二十世纪三十年代被认为是美国最具影响力的演员之一。

2 Clarence Darrow (1857—1938)，美国著名律师。

3 Louis Pasteur (1822—1895)，微生物学的奠基人之一，法国人。

独自出去散步到很远才能平静下来，尽管他们谈及的内容和父亲的死毫无关联。一天早上，亨利又一次眼圈泛红，胡子都没刮就跑了出去。几分钟后，祖克曼叫来爱西陪母亲吃早饭，然后跟着亨利跑下了楼。亨利看起来是那么不安，那么需要安慰。但是，等他出了门廊跑到游泳池旁边的走道上，却发现亨利已经在街上的电话亭里打电话了。看起来，是另一段罗曼史。也是场折磨。一位丈夫的人生危机，祖克曼心想。

在迈阿密海滩的时候，祖克曼一直努力克制，不和弟弟谈论父亲的临终遗言。一则，母亲几乎总在他们身边；二则，即便二人独处，不是亨利难过得无法说话，就是他们忙着安顿母亲的未来生活。叫人沮丧的是，母亲不愿随他们到新泽西亨利家去小住。也许以后会吧，但现在她坚持要和丈夫挨得“近”一点。晚上爱西会过来睡客厅的沙发床，这样母亲就不孤单了。牌友们也主动提出白天轮流过来陪这位沉浸在悲痛之中的丧偶之人。祖克曼告诉爱西，也许不要麻烦弗洛拉·索博尔会比较明智。要是迈阿密先驱报再登一篇《和卡诺夫斯基的母亲一起坐沙瓦[1]》，没人受得了。

上了飞机，他才有机会了解亨利怎么看待这个让他困扰不已的问

1　犹太仪式，为死者祈祷。

题。“跟我说说。爸爸最后说的是什么？是‘好点’吗？”

“‘好点’？也许吧。我觉得是‘捶击’。”

祖克曼笑了。难道父亲说的是“捶击我心，三位一体的上帝”[1]或“就位！”[2]？“你确定？”

“确定？我不确定。但爱西说到了往日时光和奶奶。我想他回到了过去，看到了在做杏仁面包的奶奶。[3]”

嗯，祖克曼想，托尔斯泰能证实亨利的推测。“化身孩童，依偎母亲。”辞世前几天托尔斯泰这样写道。“妈妈，抱抱我，哄哄我……”

“我觉得他说的是‘杂种’，”祖克曼说。

这回亨利笑了。那种能让病人爱上他的笑。“不是，我没听到。”

“我想他可能在给林登·约翰逊写最后一封信。”

“噢，上帝，”亨利说道。“信，”他收敛了笑容，继续喝酒。他也收到过父亲的信：在康奈尔反叛事件之后，每周一封，以“亲爱的儿子”开头。

过了几分钟，亨利说：“你知道吗，连七岁的小莱斯利都成了爸爸的写信对象。”

1 英国十七世纪玄学派诗人约翰·邓恩的诗作。
2 棒球术语（“Batter up！”）。
3 捶击（batter）也可表示“面粉糊”。

“不知道。”

“可怜的孩子。他从来没收到过信，之前没有，之后也不会有了。从迈阿密寄来的三封信，让他以为自己从此一直有信可收了。”

“那些信里写了什么？”

“‘亲爱的孙子。对妹妹们好一点。’”

“哦，从现在开始，他爱怎么残忍就可以怎么残忍了。现在，”想起弟弟冲下楼梯冲进电话亭的情形，祖克曼加了一句，“我们大家爱怎么残忍就可以怎么残忍了。”

祖克曼也点了杯马提尼。这是他有生以来第一次吃完早餐鸡蛋才一个小时就喝酒了。当然，亨利也是第一次。不过内心却自由痛快了。

他们各自喝完一杯又点了一杯。

“你知道葬礼上我在想什么吗？”亨利问，“他怎么会在那个盒子里？”

“几乎每个人都那么想，”祖克曼对他说道。

“钉上盖子，他就再也出不来了。”

这时，他们正飞过卡罗来纳的农田。三万五千英尺的高空之下，是蒙德里安的灵感发源地。沃土无边，阡陌纵横，父亲已身在其下。在那个盖子下，在那一抔佛罗里达黄土下，在那块即将立起的尊贵大理石碑下，也在这个七百万亿亿吨重的星球的外层包裹物之下。

“你知道我为什么和她结婚吗？”亨利突然问道。

啊，这才是被关进盒子再也出不来的人。亲爱的儿子。寥寥五字重千斤，将他压在底下。

“为什么？”祖克曼问。

亨利闭上眼：“你不会相信的。”

“我什么都信，”祖克曼告诉他。“职业病。”

“我自己都不愿信。”他的声音充满自责，就好似懊恼自己在行李里放了颗炸弹。他又失态了。他不该喝酒，祖克曼心想。如果他继续说，泄露了丢人的秘密，之后他会更加自责。但祖克曼没有阻止弟弟。他对这种秘密有特别嗜好。职业病。

“知道我为什么和卡罗尔结婚吗？”这回他说了她的名字，似乎故意要让自己的忏悔听起来更残酷。不过，这残酷并不来自亨利，真的；这残酷来自他的良知，他还没开始挑战它，就已淹没在其中。

“不知道，”祖克曼答道，在他看来，卡罗尔漂亮但乏味，“不太清楚。”

“不是因为她哭。不是因为她戴了我的徽章，和我订了婚。甚至也不是因为双方父母的期望……我借给她一本书。我借给她一本书，然后我知道，如果不和她结婚，我就再也看不到那本书了。”

“什么书？”

“《演员自我修养》。斯坦尼斯拉夫斯基写的。”

“不能再买一本？”

“我的笔记全在里面——我排练拾荒者的时候开始记的笔记。你还记得我出演那部剧的时候吗？”

“噢，记得。”

“你记得我回家的那个周末？”

“当然了，亨利。你为什么不去问她要回来？”

“书放在她的寝室里。我想过让她最要好的朋友去帮我偷回来。真的。我也想过自己闯进去把它偷回来。我就是没办法对她说，我想要回我的书。我不想让她知道我们快要分手了。我不想她事后觉得，都那时候了我心里想的还全是书。”

“那你一开始为什么要给她？”

“那时我只是个孩子，内特[1]。她是我的‘女孩’。我们第一次约会之后，我把书借给了她。让她看看我的笔记。我是在炫耀，我想。噢，你知道把书借给别人是怎么回事。那再自然不过了。你很兴奋，你就

1　内森的昵称。

把书借给别人了。我交了个朋友，我很兴奋……”

“狄米。”

“天哪，是的。狄米。你还记得。普罗文斯顿的演员们和狄米。不是因为我有什么天分。我以为表演是宣泄感情、哭天喊地。不，我知道不会有什么结果的。不是我不爱自己的行当。我爱，而且该死的，那玩意我还很擅长。但是那本书对我而言意义不同寻常。我希望卡罗尔能明白。‘读读这个，’我跟她说。我所知的下一件事，就是我们结婚了。”

“至少你把书给拿回来了。”

他喝完第二杯。“它给我带来很多好处。”

那么，给他点好处，祖克曼想。这就是他为什么要对着你忏悔的原因。帮他抬起依然压在身上的盖板。帮帮他。就像父亲以前常说的那样：“他是你的兄弟——善待他。”

“那年在康奈尔，你演过契诃夫的剧目吗？”

“我的演艺生涯只有在康奈尔出演的两部剧。都不是契诃夫的。”

“你知道契诃夫成年之后怎么评说自己的年少时光吗？他说他曾经不得不一点一点地把自己体内的那个农奴挤出去。也许，你也该开始把自己体内那个顺从的儿子挤出去。”

沉默。他又闭上了眼睛——也许根本没在听。

“你不再是孩子了，亨利，不再是被迫实践着狭隘保守的生活理念还得感恩戴德的孩子了。他死了，亨利。他不只是躺在那个盖着盖子的盒子里，他还死了。你爱他，他也爱你——但他努力把你塑造成这样一个人：但凡不能列在你的《犹太新闻》毕业照之下的事情，你一概不会做。犹太式的美国孝顺——我们俩已经受教多年了。他出身贫民窟，曾和无赖一起生活——他肯定很害怕我们长成悉尼那样的流浪汉。悉尼表哥从卖足球彩票的小孩那里分成，但在爸爸眼里，他就是隆吉·茨威尔曼[1]的左膀右臂。对爸爸而言，他就是莱普克[2]。”

“对爸爸而言，在康奈尔大学主修戏剧会让你变成莱普克。”亨利仍然闭着双眼，面露讥讽。

“现在，学莱普克变坏一点点不会要了你的命。”

“我担心的不是要了我自己的命。”

“来吧，你可以更出色。演员的自我修养。嗯，你已经修炼三十二年了。现在，是时候了。你不必扮演那个被框定的人了，如果这就是令你痛苦的根源的话。”

创造人物。在安静的书房里默默打字的时候，这好像没有什么坏

1　Longy Zwillman（1904—1959），著名黑帮人物。

2　Lepke（1897—1944），著名黑帮人物，杀手。

处；但是，在写作世界之外，这还是他的工作吗？如果亨利能换种活法，很多年前他就换了，不是吗？你不该向亨利灌输这样的想法，尤其是在他已经犯晕的时候。但是犯晕恰是别人可以给你致命一击的时候。而且现在祖克曼已经有点醉了，他弟弟也是，微醺之中，他觉得弟弟不去追寻自己想要的东西简直太愚笨。还有谁与他更亲近呢？也许全人类里，亨利身上和他相同的基因最多。还有相同的回忆。卧室、浴室、职责、疾病、治疗、冰箱、禁忌、玩具、旅行、老师、邻居、亲戚、庭院、门廊、楼梯间、玩笑、人名、地点、汽车、女孩、男孩、公交线路……

面粉糊。就好像时间捶打这堆混合物，调制出一个个祖克曼。假设父亲以这样结语辞世：孩子们，你俩都是我烘焙出来的面包。截然不同的面包，但是上帝会保佑你俩。这世上可以有各种各样的面包。

那样他既非美德之父，亦非罪恶之父，而是理性愉悦和合理选择之父。噢，那的确会非常好。但道理是，你得到已经得到的，余下的就得自己去争取。

“亨利，你在家里有多难受？”

他双眼紧闭，答道：“简直想死。”

“那么，看在主的分上，把它挤出去，开始吧。”

在纽瓦克机场，来接祖克曼的车子已经在等候了。这天一早，他就从迈阿密打电话回来安排一个带枪的司机接机。车子和带西泽拉兜纽约的是同一班人马。他在西泽拉的克尔恺郭尔那本书里找到了他们的名片——他把它夹在里面当书签。去迈阿密之前他就把名片塞到了口袋里，以防万一。那本书他还是打算还回去，但好多次他都忍住没寄往古巴，请卡斯特罗转交。

前一天晚上他没睡好，他总想着回曼哈顿的旅程，担心佩普勒抢了他的手帕之后，纠缠非但没有终结反而刚刚开始。要是那个蛮横的退役海军陆战队员带着枪呢？要是他藏在电梯里要勒死祖克曼呢？祖克曼不仅能想象出当时的场景——到凌晨四点，他甚至能闻到气味了。佩普勒身重一吨，身上散发着浓烈的艾科威尔沃须后水的味道。他刚刚刮过胡子。是为了谋杀还是为了接受随后的电视采访？你偷走了它，内森！我的纠葛！我的秘密！我的金钱！我的名望！**自慰艺术家杀死自慰诗人；祖克曼死于自慰者之手。**

身陷这么原始的恐惧非常叫人失望——破晓时分恐惧基本就消散了；不过动身之前，他还是打电话雇了人，至少在返程最初一段路有人保护他。不过，看到车子的时候他想，我该乘公交车的。忘掉报应。这也结束了。没有复仇者。

他走向轿车。司机就是替西泽拉开车的那个年轻人，全身制服，戴着墨镜。“我敢打赌，你永远想不到我们还会再见面，”祖克曼说。

“噢，不，我想到过。”

他走回到亨利身边。亨利正等着和他说再见，然后再去停车场取车。

“我一个人住，”祖克曼说，“如果你需要找个地方睡觉的话。”

听到这个提议，亨利略微退缩了一下。“我得去上班，内森。”

“需要我的时候打我电话？”

“我没事，”亨利说。

他生气了，祖克曼想。现在，他回家的时候心里只会想着，其实他不用回的。我本该顺着他。你可以离开她，如果你想的话。只是，他并不想。

他们在航站楼前面握了握手。旁观的人永远想不到他们曾经一起吃过上万顿饭，想不到一个小时之前他们还曾一度那么亲密，好似回到了他们还没写书还没亲近女孩之前的时光。一架飞机从纽瓦克机场起飞了，内森耳朵里充斥着轰鸣声。

“内森，他的确说了‘杂种’。他叫你杂种。”

“什么？”

亨利突然大发雷霆——边哭边骂。“你才是杂种。没心没肺的杂种。什么是忠诚？什么是责任？什么是克己？约束——对你来说有什么意义吗？在你眼里，什么都可以抛弃！什么都可以袒露！犹太人的道德，犹太人的忍耐，犹太人的智慧，犹太人的家庭——一切都只被你用来寻开心。甚至你那些异族女人一旦无法取悦你，也得被冲进下水道。爱情、婚姻、孩子，你到底在乎什么？对你来说，全是娱乐，全是游戏。但是，对我们其他人来说，可不是这样的。最糟糕的是，我们都瞒着你，不让你知道自己到底是什么！你做了什么！你杀了他，内森。没有人会告诉你——他们太怕你了，不敢说。他们觉得你太出名了，没法批评你——觉得你已远非常人可及。但你杀了他，内森。用那本书。他说的当然是‘杂种’。他看过了！他看到你在那本书里对他和妈妈做了些什么！”

“他怎么看得到？亨利，你在说什么？”

但是他知道，他知道，他知道，他一直都知道。那晚，爱西和他吃夜宵的时候对他说：“我要是你，他们说的屁话我一句都不会听，”那时他就知道了。拉比诵赞词的时候，他就知道了。甚至在那之前，他就知道了。写书的时候，他就知道了。但不管怎样，他已经写了。接着，像是上帝保佑，父亲中风进了疗养院，《卡诺夫斯基》面世的时候，父亲已经病得没法看书了。祖克曼以为他战胜了风险。躲过了惩罚。但他没有。

“他怎么看得到，亨利？”

“梅茨先生。愚蠢好心的梅茨先生。爸爸叫他把书带上。让他坐着大声朗读。你不信，对吧？你无法相信你笔下的人会引起现实后果。对你来说，这可能也很有趣——你的读者听到这个故事会笑死的！但爸爸却不是笑死的。他在痛苦中死去。他在无比可怕的失望中死去。该死的，凭本能去想象是一回事，凭本能去对待你自己的家人又是另外一回事！可怜的妈妈！还求我们大家不要告诉你！我们的妈妈，为了你自吞苦水——还得笑着挺过来！还瞒着你，不让你知道自己到底干了些什么！你和你的优越感！你和你的游戏！你和你的‘解放’之书！难道你真以为良知只是犹太人的发明，你可以全然豁免吗？难道你真以为可以只顾和其他纵欲者纵情享乐而不受良知拷问吗？可以什么都不在乎只管拿世上最爱自己的人取乐吗？宇宙的起源！他只想听‘我爱你！’‘爸爸，我爱你’——他要的只有这些！噢，你这个无耻的杂种，你别跟我说什么父与子！我也有儿子！我知道什么是爱儿子，你不知道，你这个自私的杂种，永远都不会知道！”

一九四一年春天，内森八岁，亨利四岁，祖克曼一家搬进一幢独门独户的砖房，屋前就是从公园通往山上的林荫道。那之前，他们住在犹太小区更招人嫌弃的那一端，莱昂斯街和莱斯利街拐角处的一栋小公寓楼。楼里的水管、取暖器、电梯和下水道永远有一个是坏的。看门人的女儿名叫西娅，乌克兰人，年纪比内森大，胸部很丰满，很爱卖俏，名声不佳。即使是考量最不济的情况，也不是每个家的厨房地板都有祖克曼家的那么干净，食物掉下去还能捡起来吃。但是那里房租便宜，紧挨公交站，是年轻足医执业的理想地点。那时候，祖克曼医生的办公室还在外屋，夜里他们一家人就在那里听收音机。

两个孩子的卧室在后面，卧室外的街对面竖着一道高高的铁丝网，后面是天主教孤儿院。孤儿院里有个蔬菜农场，天主教学校的教士不在给孤儿们上课——在内森和他的小伙伴们看来就是用棍子抽打他们——的时候，孤儿们就在农场里干活。在那里干活的还有两匹老挽马，在那一带看到它们很叫内森意外；更意外的是看到传教士在楼下的糖果店里买“好彩”牌香烟或者开着别克车大声放着广播。关于马，他只在《黑骏马》里读到过；关于教士和修女他知道得更少——只知道他们憎恨犹太人。初一时祖克曼开始写短篇小说，题为“孤儿”，其中一篇描述的就是一个犹太小男孩透过卧室窗户俯视附近的天主教孤儿院，心里好奇在铁丝网的另一侧生活会怎样。一次，一个皮肤黝黑、身材矮胖的修女从孤儿院过来到他们家，让父亲剪掉她内嵌的脚趾甲。她走了之后，内森一直（徒劳地）等母亲拿水桶和抹布到父亲的办公室去擦洗修女进出时摸过的门把手。他最好奇的莫过于修女的赤脚，但那晚，父亲只字未提，至少孩子们未曾听见。那时，内森六岁，要他径直去问父亲修女的赤脚长什么样，他的岁数刚好既不够小也不够大。七年之后，修女之访成了《孤儿》的重头戏，他化名尼古拉斯·扎克把这个短篇相继投到《自由》、《矿工报》、《星期六晚邮报》，结果收到了他人生中的第一叠退稿信。

他没有直接回纽约，他让司机沿着“纽瓦克”的标识开去。默默无闻的小扎克已经出人意料地变成了内森·祖克曼，他要让他的生命多延续一会儿。在他的指引下，车子开过高速，上了斜坡，到了弗伦林辉森大街；然后穿过公园，穿过他和亨利在上面学溜冰的湖，沿着长长的莱昂斯街上山；经过他出生和割礼的医院，开向他写作生涯里的第一个题材——铁丝网。他的司机带着武器。按佩普勒的说法，这是他再进这个城市的唯一方法。

祖克曼摁了摁按钮，摇下玻璃隔板。“你带了什么武器？”他问司机。

“点三八口径的手枪，先生。”

“放在哪里？”

他拍了拍右边屁股。“想看一下吗，Z 先生？”

是的，他得看一下。见方为信，信即是知，而知总比不知和未知要强些。

“嗯。”

司机撩起夹克，解开皮带上比眼镜盒大不了多少的枪套。等红灯的时候，他用右手拿起枪，一把有黑色制动枪管的小手枪。

什么是艺术？祖克曼心想。

“这小家伙能给周围十英尺距离内的任何人一个大惊喜。”

手枪有油味。“刚保养过，”祖克曼说。

“是的，先生。”

“刚用过？”

“在射击场，先生，昨晚。”

“可以收起来了。”

不出所料，看到自己最初居住的两层公寓楼，他心头一颤，他曾凭记忆描绘过带顶篷的红砖堡垒，现实中却是缩小版。顶篷，之前有吗？即使有的话，现在也不见了。前门也消失了，只剩铰链。门两侧正对门厅的大窗户用木板封着，玻璃已经不见了。以前走道上有两盏照明灯，现在只有裸露在外的电线。走道无人清扫，垃圾遍布。这栋楼已经成了贫民窟。

街对面的裁缝店成了信徒的商店——橱窗里陈列着圣像和其他“精神物资”。街角的沿街铺面以前是个杂货店，现在已经归基督福音教会所有。公交站台上，四个拎着购物篮的壮实黑人妇女正在聊天。

在他小时候，四个黑人妇女出现在公交站，那她们必定家住斯普林菲尔德街那头，来替维夸西克街区的犹太女人打扫卫生。现在她们自己住在这里，去郊外替犹太女人打扫卫生。犹太人从这一带消失了，只有公建屋里还住着一些老年人。白人也几乎都不见了，包括天主教的孤儿。孤儿院似乎已改建成了一所社区学校，角落的蔬菜农场上建起了一座毫无特色的楼房。是银行。他四处张望，纳闷谁会来这里存钱。除了香烛和圣像，在莱昂斯街上似乎再也买不到任何东西。面包、肉、冰激凌、阿司匹林似乎都无处可寻，更不用说衣服、手表或者椅子。他们那条商店林立的热闹小商业街已不复存在。

这就是他想看到的。“结束了，”他想。他对这块地方的所有诗情画意都倾泻在《卡诺夫斯基》里了。也只能是那里——再无他处可去。“结束了。结束了。结束了。结束了。结束了。我的刑期到头了。”

他让司机沿着街区慢慢开向钱瑟勒街，这是他每天早晨步行上学的路线。“停，”他说着，视线掠过两幢房子之间的小弄，停在尽头的车库上。在那里，看门人的任性女儿西娅和杂货店老板的女儿多丽丝曾经赞赏他的俊美，以此来引诱他。那是一九三九年？还是一九四〇年？关上车库大门之后，他担心最糟糕的情况就要发生了——母亲警告过他，西娅太早熟了，他也很清楚她是基督徒。但西娅自始至终只让他站在一个黑色大油渍旁边，重复她说的每句话。这些话对他毫无意义，但显然对她和杂货店老板的女儿却意义重大，她们彼此拥抱，咯咯笑个不停。那是他第一次感受到语言的力量，女孩的力量；就像卧室窗外高高的孤儿院铁丝网第一次让他体验了等级和机遇，还有命运的神秘。

其中一幢房子里走出一个光头的年轻黑人。他牵着一头德国牧羊犬，站在门阶上，盯着停在他家小弄外面有雇佣司机的豪华轿车，盯着车后座那个上下打量他地盘的白人。房子有三层，四周围着铁丝网，屋前的小院子杂草丛生。如果那家伙想知道，祖克曼可以毫不费力地告诉他二战前这幢房子的每一层住的分别是哪户人家。但黑人想知道的并不是这个。“你是谁？”他问道。

“谁都不是，”祖克曼回答，对话就结束了。你不再是任何人的儿子，你不再是某个好女人的丈夫，你不再是你弟弟的哥哥，你也不再有故乡。车子匆匆驶过小学、操场和热狗店，朝纽约开去。驶入景观道前，车子路过了十三岁之前他每天放学后学习希伯来文的地方——犹太教堂。现在，那里已经成了非洲人美以美会教堂。

图书在版编目(CIP)数据

被释放的祖克曼/(美)菲利普·罗斯(Philip Roth)著；
郭国良译.—上海：上海译文出版社，2019.1
(菲利普·罗斯全集)
书名原文：Zuckerman Unbound
ISBN 978-7-5327-7918-5

Ⅰ.①被… Ⅱ.①菲… ②郭… Ⅲ.①长篇小说—美
国—现代 Ⅳ.①I712.45

中国版本图书馆CIP数据核字(2018)第141983号

图字：09-2018-727号

被释放的祖克曼
[美]菲利普·罗斯 著 郭国良 译
责任编辑/李玉瑶 装帧设计/胡枫

上海译文出版社有限公司出版、发行
网址：www.yiwen.com.cn
200001 上海福建中路193号 www.ewen.co
浙江新华数码印务有限公司印刷

开本 890×1240 1/32 印张 7.75 插页 5 字数 107,000
2019年1月第1版 2019年1月第1次印刷
印数：0,001—5,000册

ISBN 978-7-5327-7918-5/I·4876
定价：46.00元